少年百部 100

SHAONIAN BAIBU

— 小学语文 —

核心素养书系

课本拓展精读

HUPO

琥珀

[德] 柏吉尔 著　　蔡紫娟 改编

长江出版传媒
长江少年儿童出版社

图书在版编目(CIP)数据

琥珀/(德)柏吉尔著;蔡紫娟改编.—武汉:长江少年儿童出版社,2024.1
(小学语文核心素养书系:课本拓展精读)
ISBN 978-7-5721-4609-1

Ⅰ.①琥… Ⅱ.①柏…②蔡… Ⅲ.①童话-作品集-德国-现代 Ⅳ.①I516.88

中国国家版本馆CIP数据核字(2023)第237349号

小学语文核心素养书系:课本拓展精读
XIAOXUE YUWEN HEXIN SUYANG SHUXI: KEBEN TUOZHAN JINGDU

琥珀
HUPO

出品人:何 龙
策 划:蓝 欣
执行策划:梁 崴
责任编辑:李 郁
整体设计:洋溢文化
责任校对:莫大伟
责任印刷:邱 刚 雷 恒
出版发行:长江少年儿童出版社(集团)有限公司
业务电话:(027)87679199
承 印 厂:武汉鑫佳捷印务有限公司
经 销:新华书店湖北发行所
开 本:720毫米×970毫米 1/16
印 张:7
字 数:48千字
版 次:2024年1月第1版
印 次:2024年1月第1次印刷
书 号:ISBN 978-7-5721-4609-1
定 价:26.80元

导读

《小学语文核心素养书系：课本拓展精读》是一套专门为小学生设计的语文课外阅读丛书，内容精选小学语文课本中作家的经典作品，旨在帮助孩子更好地理解和欣赏名家名作，全面提升孩子的阅读和写作能力，为语文学习打下坚实的基础，让孩子爱上阅读。

本丛书以小学语文课本中的课文为“向导”，每个作品都是课本入选作家的名篇名作，从一篇课文延伸至一本书，包括童话、小说、散文、诗歌等多种体裁，带领读者领略不同作者独特的创作风格和思想内涵，学习丰富的写作技巧和文学知识。

我们还邀请了国内著名插画师，根据书中情节绘制多幅精美插图，给孩子带来高品质的视觉享受。

让我们一起走进精彩的语文世界，感受文字的魅力，探索知识的海洋吧！

名师推荐

语文是小学生学习的基础，也是表达思想和交流感情的重要工具。孩子通过阅读学习优秀的文学作品，可以拓宽视野，提高语言表达能力，培养良好的审美情趣。

《小学语文核心素养书系：课本拓展精读》是小学语文课本入选作家的作品集，体裁多样，内容丰富。通过阅读这些作品，孩子可以感受不同文体和风格的魅力，培养对文字的感知能力和表达能力。

这套书系的独特之处在于选篇与课本的关联性和延伸性。每本书都来自小学语文课本中的作者，孩子可以更好地理解作者的创作背景和文化背景，加深对作品的理解和欣赏。同时，这套书也提供了与课文相关的拓展阅读，帮助孩子进一步扩大知识面，培养阅读兴趣。

孩子通过阅读不同名家的经典作品，拓宽自己的思维边界，培养自主阅读和独立思考的能力，为今后更高阶段的语文学习打下坚实的基础。同时，这些优秀的作品也能够激发孩子的情感共鸣，引导他们审视自己的内心世界。

祝愿每一个孩子在阅读《小学语文核心素养书系：课本拓展精读》这套书时，都能感受到语文的乐趣和力量，收获智慧和快乐。

目录

关于乌拉·波拉博士 …………………………… 1

琥珀 ……………………………………… 7

月球上的一天 …………………………… 14

冰山 ……………………………………… 39

小燕子和电线杆 ………………………… 53

小盐粒的故事 …………………………… 64

蜉蝣的短暂一生 ………………………… 73

世界的末日 ……………………………… 83

小水点 …………………………………… 88

关于乌拉·波拉博士

亲爱的小朋友，在阅读乌拉·波拉博士的这些故事之前，你肯定很好奇，乌拉·波拉博士是谁？这些故事是怎么创作出来的？其实，乌拉·波拉并不是博士的真实名字，孩子们也不知道他真正的名字是什么，或者，孩子们忘记了他的名字。在我的印象中，他是一个古怪的长者，就像人们给他起的“乌拉·波拉”这个名字一样古怪。

在哈尔茨山中一个长满杉树的斜坡上，坐落着一座古老且神秘的城市——戈斯拉尔。城里的那些老房子看起来已经存在了几百年，古老的、高高的尖塔上满是苔藓，街道狭窄但干净。这座小城就在伦梅尔斯堡山下。在小城的地底下，许多矿工在辛勤劳作。很多年前，乌拉·波拉博士就独自生活在那里。

他居住的是一栋十分老旧的房子，房子上的小窗户像是一双蒙着灰尘的老花眼，好奇地张望着新的时代。房子顶端，是一个用石板搭建起来的小塔楼。

乌拉·波拉博士在小塔楼上放了一架很大的望远镜，一有时间，他就到塔楼来用望远镜观察月亮和彗星。房子里有两间非常简陋的小房间，里面放置的那些家具已经非常老旧了，挂钟的形状也非常古怪，角落里还堆着各种零散的杂物。其中一间房里堆满了书籍，连个可以坐的地方都找不出来。另一间房则更加让人不可思议，简直和正式的博物馆没什么两样：鱼和蜗牛的化石、动物的骨架和骨关节、各种蝴蝶和稀有甲虫的标本、天体测量器、地球仪、电机、显微镜……甚至还有些连名字都叫不出来的物件。

乌拉·波拉博士在这栋老房子里生活了一辈子，就像鼹鼠住在洞穴里一样。

他一生都没有结婚，也没有子女。他的用人克立斯蒂娜——一个戴着黑色大睡帽的老太太负责照料他的日常生活。乌拉·波拉博士是一个孤独且顽固的老人，只有克立斯蒂娜能与他融洽相处。

如果你们想要知道乌拉·波拉博士的外貌，我可以告诉你们，他的形象相当特别！博士的个子非常高，以致他要低下头才能通过那些老式房子低矮的门框。尽管他个子高，却非常瘦，看起来就像一根细竹竿似的。他的脸上布满了皱纹，头发灰白，胡子总是刮得很干净，褐色的面庞仿佛是一只经过岁月沉淀的古老烟斗。

在我们这些小孩子眼中，最让人感到奇特的是乌拉·波拉博士衣领上那根别致的小辫子。这根小辫子实在太细小了，就像老鼠的尾巴一样；辫子末端还系着一个黑色的蝴蝶结，非常可爱。我父亲曾经跟我说过，在那些老旧的图画书里可以看到，从前的人们都留着这种小辫子。后来，剪发成为一种时尚，岁月的大剪刀剪去了很多人的辫子。当时，我们的乌拉·波拉博士已经快七十岁了，但他不愿接受新的时尚，坚持不剪掉他的辫子。这让他的形象显得非常滑稽。

此外，他的鼻子是尖尖的鹰钩鼻，鼻梁上还架着一副很大的玳瑁眼镜，镜框上嵌着两块又大又圆的镜片。他眨着眼睛思考问题时，看起来就像一只猫头鹰，用当地人的方言来说，博士看起来就像是一只

“乌拉”。他的名字就是这样来的。实际上，他的真名是波拉，但是我们还是更喜欢称他为“乌拉·波拉。”

一年四季，乌拉·波拉博士总是穿着一件长款的灰色外衣，脚上穿一双彩色的毡鞋。他常常坐在书本和仪器的旁边，沉浸在自己的世界里。博士从不关心外界的事情。

尽管乌拉·波拉的外表看起来颇为奇特，人们常常背地里偷偷嘲笑他，但每当他站在窗前朝着窗外看，或者在花园里修剪花木时，人们看到他，总是会礼貌地脱下帽子，向他致敬。这是因为乌拉·波拉是一位知识渊博的人，他拥有的知识超过了这里的所有人，无论是老师、牧师、医生，还是当地的官员，都无法与他相提并论。乌拉·波拉博士阅读、编写过很多富含哲理的书籍，甚至一些全国知名的教授都会写信向他请教问题。

也许你会问，为什么乌拉·波拉博士要分享这些故事呢？

原因是这样的：博士的房子前面有一个宽阔的广场，广场上有一个美丽的喷泉。这个广场是小朋友们的乐园，我们喜欢在那里嬉戏、打闹，叽叽喳喳的，就像一群停在樱桃树上的小鸟一样。可以想象，这对于博士来说是相当讨厌的，因为我们的吵闹对他的学术研究工作造成了极大的影响。博士的责备没有起到任何效果，于是，他便想到了其他方法来避免这种干扰。

一个夏夜，我们一群小孩子在喷泉旁嬉闹，突然博士的用人克立斯蒂娜过来邀请我们到博士家里做客。博士的家里从来没有接待过其他访客，对于这个突如其来的邀请，我们都感到好奇而又不知所措。经过一番考虑后，几个胆大一点的孩子带着浓厚的好奇心踏入了博士的住所。乌拉·波拉博士向我们讲了许多话。他用一种奇怪的音调，语气粗犷地对我们说："你们是一群顽皮的小孩子，如果你们不能及时改掉一些坏习惯，将来或许会成为不良分子。只要你们能向我保证，不再在喷泉旁大声喧哗，不再往我的花园里扔小石子，每个星期天的晚上我就会给你们讲有趣的故事，请你们品尝美味的糕点，还会教你们如何用望远镜观赏月亮、星星，给你们分析各种天文现象。"

于是，乌拉·波拉的故事就这样开始了。一开始，来听故事的人并不多，但随着时间的推移，人数逐渐增加，最终所有的小孩子都加入了听故事的队伍。博士讲的这些故事本身就非常有趣，再加上还有美味的糕点可以享用，所以现在没有人再惹乌拉·波拉博士生气了。此后，喷泉附近变得安静下来。

啊，乌拉·波拉博士可真聪明啊！

博士讲的故事与一般的童话故事大不相同，他的故事中没有巫婆和妖怪，也没有公主和王子。虽然乌拉·波拉的故事中从不出现虚构的角色，但丝毫不减少故事的吸引力，我们可以通过故事学到不少科学知识。就像一些很苦的药表面都会裹一层糖衣，让人更容易吞咽，乌拉·波拉以童话故事为媒介，将自然界的奇妙现象讲给我们听，是想让我们更容易接受他所讲授的那些知识。

我把我记得的故事都记录在这里。如果你能仔细地、认真地阅读这些故事，相信你一定能够学到许多关于太阳、月亮、星星、风、云、雨、雪、火山和海底等自然界的知识。

琥珀

“孩子们，今天我们要讲的是一个关于玻璃棺材的故事！”

“嘿，乌拉·波拉，玻璃棺材的故事不是格林童话里的吗？我们早就听过了，讲的是白雪公主被小矮人放进了玻璃棺材里。你要讲的这个故事有什么不同呢？”

“告诉你们，我要讲的这个故事绝对是独一无二的。在我要讲的这个故事里，没有白雪公主，也没有其他可爱的女孩。等一会儿，你们可以亲眼看看我所说的玻璃棺材里面到底有什么，因为，它此刻就放在我的壁橱里。但在那之前，你们必须先听我把这个故事讲完。毕竟，我们不能只挑糕点里的馅儿吃呀。”

孩子们都坐下来，安静地等待老人开始讲故事。

“我要讲的这个故事发生在很久很久以前，大约有上万年了！在一个天气晴朗的夏日，阳光温暖地照耀着大地，海浪在远处咆哮，树叶在微风的吹拂下发出沙沙的轻响。在这附近有一片广袤的森林。

“有一只小小的苍蝇，长着一双柔嫩的翅膀，在阳光下快乐地飞舞着。不知为何，它突然展翅飞过了草地，飞向了森林。森林里长着很多高大的松树，阳光炽热，空气中弥漫着松脂的气味。

“我们的小苍蝇许是飞累了，停在了一棵大树的树干上。它已经飞行了很长时间，身上沾满了灰尘。于是，它伸出腿来刷刷翅膀，又擦了擦它那长着一双红眼睛的脑袋。

“就在这时，突然出现了一只可怕的蜘蛛，它慢慢地向小苍蝇爬去，打算把这只小苍蝇当作一顿可口的午餐。蜘蛛小心翼翼地移动着八条腿，沿着树干慢慢地往下爬，一点一点靠近小苍蝇。

“蜘蛛认真思考着这件事情。它想：‘哎呀！这只小苍蝇身上可吃的地方并不多！如果去掉那双绿色翅膀和触须，剩下的部分就很少很少了。不过，也总比没有要好。如果我不小心被它那双圆眼睛看到，它肯

定会赶紧飞走的，那我的午餐就泡汤了。饿肚子的感觉可不好受。我一定要小心点，不能被它发现了。’

“小苍蝇非常喜欢打扮，也很讲卫生，它不停地整理着自己那绿纱般的翅膀，像小猫一样舐着自己，完全没有注意到那个心怀恶意偷偷靠近的敌人。

“就在蜘蛛即将得手的时候，突然发生了一件十分可怕的事情！

“正午炽热的阳光照耀着整片森林，老松树上渗出了闪耀着金色光芒的松脂。突然，一滴黏稠的松脂从树上滴落下来，恰好落在树干上，把小苍蝇和蜘蛛都包裹在其中。

“小苍蝇没办法再打扮自己了，蜘蛛的午餐也结束了，它们一起被包裹在老松树黏稠的液体中。起初，它们还能挣扎着动几下，但渐渐地，它们就变得僵硬不动了。

“新鲜的松脂继续从树上滴落下来，一层又一层地覆盖在包裹着苍蝇和蜘蛛的那滴松脂上，最终形成了一个厚厚的松脂球，仿佛是一个透明的棺材。

“时间在不停地流逝，世界的历史就像是一本无

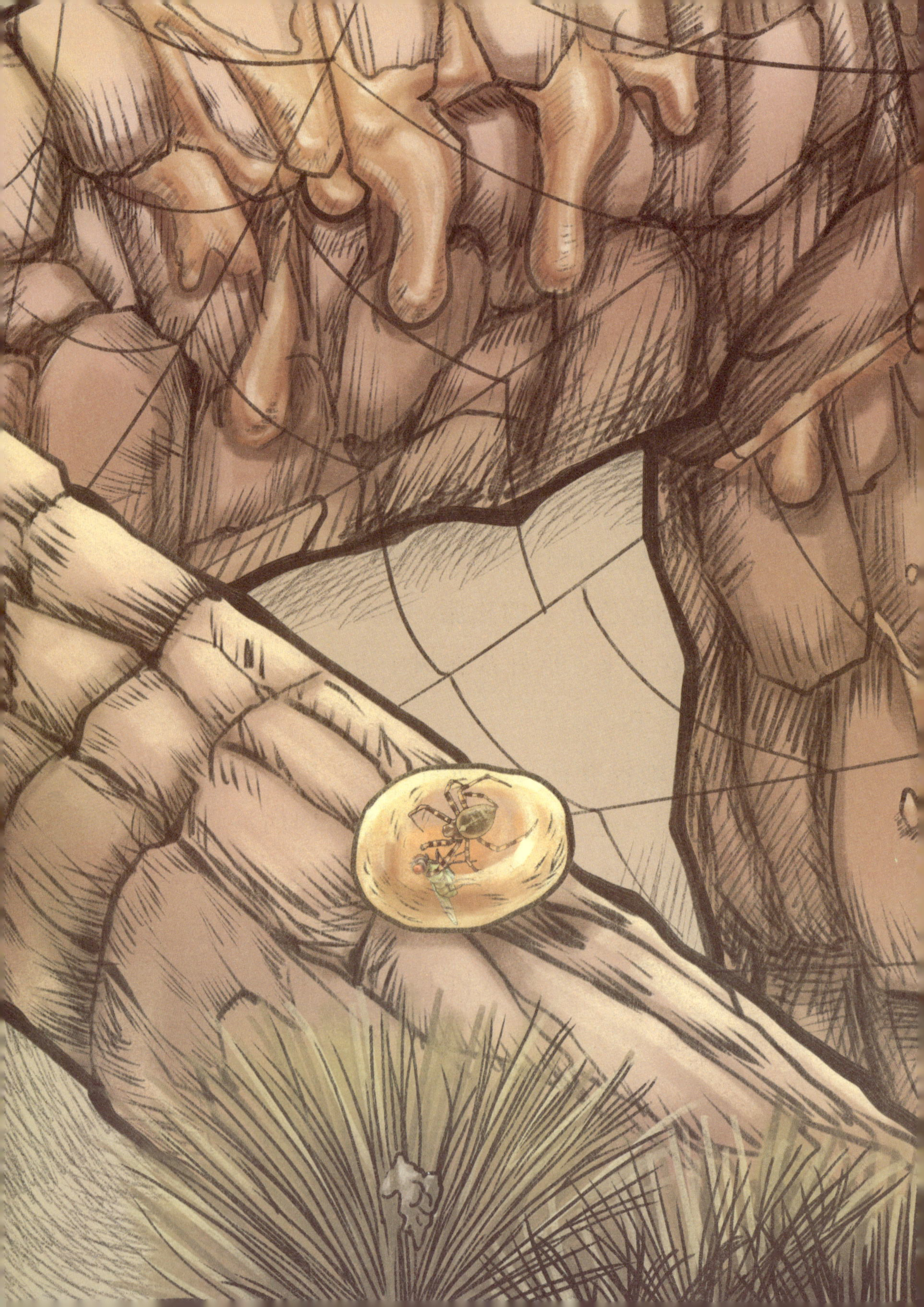

声的书籍，一页页悄然翻过，一些必然会发生的事情，都不可避免地发生了。成百上千年的时光转瞬即逝，无数只绿翅膀的苍蝇和八只脚的蜘蛛在夏日里来了又走。谁会想到，在遥远的过去，曾经有一只蜘蛛和一只苍蝇被埋葬在一滴松脂中，而这滴松脂悬挂在一棵老松树上。只是那棵老松树，如今早已腐烂在了泥土里。

“变化在不断地发生着。陆地逐渐下沉，海水源源不断地涌向如今波罗的海所在的地方，逐渐逼近这片古老的森林。最终，森林被海水完全淹没。海浪不断冲刷着树干，甚至将大树连根拔起，森林就这样慢慢消失了。树木逐一葬身于海水中，海风在水面上呼啸，老树干在海水中滚动，发出阵阵呻吟。

“这证明了在波罗的海汹涌的海水怒吼之处，曾经是一片巨大的森林。被海浪吞没的古老树干上有一对昆虫埋葬在透明的松脂中。随着时间的推移，树干逐渐被海沙掩埋并彻底腐烂。如今，只剩下那颗松脂球还埋藏在沙土之下。

“又是数千年过去了，海洋中的泥沙渐渐被汹涌的海浪卷到了岸边。一位贫穷的渔民带着他的孩子走在海滩上，他们正在寻找一种名为琥珀的宝贝。琥珀是数千年前从老松树上掉落下来的松脂经过演变而形成的一种黄色化石。用琥珀制成的项链或耳环，是非常珍贵的物品。

“孩子光着脚在沙滩上走，突然踩到了一个东西，于是他将其挖了出来。

“‘爸爸，你看，我找到了一颗琥珀。’孩子高兴地喊道。

“孩子的父亲接过琥珀，擦去了泥沙，仔细观察起来。

“‘我们的运气真好，孩子。你看，这里头有一只苍蝇和一只蜘蛛。学者们肯定愿意花金币向我们购买它。一颗琥珀里有两只小动物，这是很罕见的宝贝啊！’孩子的父亲兴奋地说。

“果然有学者花金币购买了这块琥珀。后来，它流转到了老乌拉·波拉的手中。现在，我们一起来观赏一下这块琥珀吧。你们瞧，里面有两只小虫，它们保持着几千年前刚刚死亡时的样子。我们可以清晰地看到它们身上的每根毫毛，甚至可以想象到它们在死之前是如何在黏稠的松脂中挣扎的，因为它们的腿部周围显现出几圈黑色的圆环。通过这块琥珀，我们可以推测出几万年前发生在这里的故事的具体情形，就像是亲眼见到过一般。我们也可以从中得知，那时，苍蝇和蜘蛛已经存在于世界上了。是的，我们生活的这个世界实在是古老而久远。”

月球上的一天

夏天的夜晚如此美丽，月亮挂在高大的冷杉树上，像是士兵的号角。“孩子们！”乌拉·波拉博士呼喊着他们，“我知道你们是群调皮捣蛋鬼，每天游手好闲、吃喝玩乐。不过，我是个信守承诺的人，所以我还是得教你们玩玩那架大型望远镜。今天我们用它来看看月球。”

“太棒啦！亲爱的乌拉·波拉。要是我们真的能用望远镜看月球，那么我们就得报答您。我们要到树林里去采草来喂饱您的甲虫。”

“这交易划得来！”老人应道。他从一大串钥匙上解下一把大钥匙，带着我们穿过客厅，来到楼梯旁。大型望远镜就放在楼顶上的石头塔楼内。

楼梯黑暗狭窄，乌拉·波拉点着小油灯走在前面，我们跟在后面。不一会儿，我们听见钥匙转动的咔嗒声。吱呀一下，门被打开了，我们终于可以进入这间神秘小屋。屋内有一个大炮一样的巨型仪器，“炮筒”非常粗，我们当中瘦一点的孩子都可以钻进去。那上面有各种把手、旋钮，用黄铜和钢做成。“炮筒”前方装有一块大大的圆形玻璃片，像餐盘那么大；后方也有一块圆玻璃片，但要小很多。我们透过小玻璃片就能看到天上。望远镜旁边有一口大钟，用玻璃罩子罩住，长长的钟摆不慌不忙地摇晃着，有韵律地唱着“嘀嗒……嘀嗒……”。房间角落里还摆着各种仪器，墙壁上挂着星星月亮的图卡，书架上放着厚厚的书。我们向乌拉·波拉提出各种问题，他却粗声呵斥：“别吵吵，别吵吵，手别乱摸，你们还理解不了这些！”

塔楼顶上装着几块很大的天窗，当把这些天窗打开后，就可以用望远镜观察星星了。当乌拉·波拉拨开活栓，打开天窗后，月亮的银光就洒了下来，笼罩着望远镜；地板上映出我们长长的影子。

这位老学者把望远镜对准银色的月亮，他转动着旋钮和操纵杆，向那“炮筒”里瞧了好一会儿。接下来，我们就一个个地上前观察月亮。月亮在我们眼前被放大了数百倍，上面的山脉和平原清晰可见，看起来是那么清冷静寂。

望远镜里的月亮是多么神奇啊。初看时，月亮像一块巨大的光盘，但再仔细看，就能发现上面有很多大的黑色斑点。乌拉·波拉告诉我们，这些其实是月球上的平原，也有人认为是海洋。月球上的山脉很有趣，能够闪闪发光，乌拉·波拉解释说，那亮光并不是山脉自己发出的，而是太阳照在月球上反射出来的，月球跟我们地球一样，并不会自己发光。群山将它们长长的影子投射到月亮的平原上，而在太阳照射不到的山谷，却都是沉沉的黑暗。我们不仅看到连绵不断的山脉，还看到数以千计的火山口，山上岩石嶙峋、沟壑纵横。从望远镜里望去，整个月亮就像一个大蛋糕，已被老鼠咬出无数个大大小小的洞。

我们就这样望着月亮，望了很久很久。老乌拉·波拉对我们看到的天象都进行讲解。但是，当我们不断地提出一个个疑问时，老乌拉·波拉就变得暴躁起来，他用他的花手帕擤了擤鼻涕，扶了扶眼镜，不耐烦地说：

“安静，安静！你们这些小调皮鬼，不要乱吵！现在你们已经看到了月亮，知道它跟地球一样，是个球体，但是上面没有生命。如果你们想要知道得更详细，我可以给你们讲一个小男孩的故事，他在月亮上待了一天。都坐过来，围成一个圈儿，竖起耳朵听着！”

“阿嚏！阿嚏！”乌拉·波拉的喷嚏震得他的小辫子猛烈跳动。然后，故事就开始了。

“一天晚上，小男孩富兰克躺在床上，怎么也睡不着，月光洒在他的脸上。当他望过去，月亮正站在山背后，像一个孤独的梦游人。冰天雪地被它的光照着，像万点星星一样闪烁。小男孩望着天上的银盘，觉得那上面的暗影仿佛笑脸上的黑痣。此时，他想起晚上听到的对话。

“今天他们家里来了一位客人，那人是爸爸的朋友。他是一位学识渊博的教授，一直都在研究太阳、月亮和星星。到了吃晚饭的时候，教授讲起关于天空的事情，月亮悄悄升上来，透过窗口望着他们。小富兰克就想问问关于月亮的故事。

“戴着金丝边眼镜的教授告诉他，月亮上根本没有什么背着柴火的人，也没有什么姑娘。月亮离我们非常非常遥远，那上面有起伏的山谷、辽阔的平原和深邃的火山口。但是月亮上死寂一片，没有任何生物，没有什么人能够到月亮上居住。

“富兰克说：‘如果有一天我们能去月亮上玩该多好啊。’他觉得，人类已经发明了许多有趣的东西，有朝一日肯定会发明一种能飞到月亮上的飞行器[1]。戴金丝边眼镜的教授神秘地笑道：‘没错，到时候我们就能一起去月球上旅行了。’

“教授刚说完，小男孩的妈妈就带他上床睡觉去了。因为这时已经很晚了，小孩子要想拥有健康的身体，就必须得多睡觉。可是小男孩满脑子都是教授讲的那些话。他那么兴奋，躺在床上左思右想——如果能飞到月球上遨游，会见到一幅怎样的图景呢？慢慢地，小男孩闭上了眼睛。月光穿过白窗帘，轻轻抚摸着他的小脸。小富兰克不知不觉进入了梦里。

“忽然，他听见门咔的一声响了，老教授悄悄

① 本书英译本出版于1932年，而人类于1969年首次登上月球。

走了进来。他看起来比白天更老了，头发变得雪白，似乎他们已经分别了许多年。老教授向小富兰克点了点头，对他说：‘你还认识我吗？孩子。我是那个喜欢看星星看月亮的人。我以前说过，也许我们能够一起到月球上去旅行。后来我就开始研究一种巨大的太空飞船，现在已经制造好了。我是说话算话的，所以跟我来吧，你的爸爸已经在外面等我们了。’

“我们的小朋友像兔子一样从床上跳下来，赶紧穿好衣服。他的妈妈也跑了过来，给他加上披肩和皮袄，然后他们一起跑了出去。

“屋外的大广场上停着一架造型奇特的飞船，一半像飞艇，一半像飞机，有机翼和巨大的机舱，舱体用厚厚的玻璃包裹。许多人围在飞船周围赞赏不已。有个叫菲利普的邻居，他自以为很博学，站在广场对面嚷嚷着：‘你们知道这里会坐上哪位乘客吗？是总统先生，他要去北极，那边的工人正在罢工，他得劝说他们。’警察罗伯特涨红了脸，他东跑西跑，翘着小胡子喊道：‘女士们、先生们，赶快让出一条路来！’

“富兰克的爸爸和教授先生就从这条路来到飞船

旁边。他们都穿着厚厚的毛皮大衣。妈妈带着富兰克紧随其后，她只是来送行的。她跟爸爸和教授握手，抱着富兰克亲了又亲，红着眼睛跟每个人道别。小富兰克也有点紧张。不过教授却兴奋不已，他说他能够保证这次旅行绝对安全。这样，他们就都跳进了玻璃船舱。教授操作着各种按钮和操纵杆，巨大的飞船就轰隆隆离开地面，径直向空中飞去了。

"'飞起来啦！''太好啦！'人们仰着头，挥舞着手帕和帽子。这时，你可以看见谁的假发掉了，还能看见富兰克的母亲终于哭了起来。

"城市越来越小了，房屋看起来像积木，花园看起来像苔藓，后来这些就都成了形状不一的色块。他们越飞越高，来到了原野上空。森林变成了深绿色的大围巾，山脉和平原已分不清楚，河流变成了银色的锡箔纸条。忽然，一切都看不见了。整个世界都被一种白色的物质笼罩着，像是进入了牛奶的海洋。水从窗玻璃上流下，似乎有一个大大的喷水壶在往下浇。小富兰克觉得很害怕，他跑到两个大人旁边，但他们都笑着保证，绝对不会有什么危险。

“‘不用担心，孩子。’教授说，‘你所害怕的不过是一些云层而已，这云层离地面大概有八千米。看，我们现在就要穿过云层了！’

“很快，蔚蓝的天空和明亮的太阳就又能看见了。而云层却飘到了下面，看起来就像一堆巨大的泡沫在飘着，约一千米长，被风吹拂着流向一边。云朵的形状不停变化，透过云层的缝隙还能看见彩色碎片一样的地球。

“‘为什么所有的东西都看起来那么潮湿呢？’小富兰克已重新变得平静，开始了好奇的提问。

“‘啊，这很容易理解。’教授说，‘云不过是由无数颗水汽凝结而成的，就好像水壶里喷出的那些水蒸气一样。水蒸气遇到较冷的玻璃时，就凝结到一起变成水滴，这些水滴越积越多，就会像瀑布一样往下流了。’

“‘在云中旅行太奇特了，我的小伙伴们是不会经历到这些的。’

“‘你误会了，孩子！他们也跟你有一样的体验。地面上时常会有雾气，而雾实际上就是飘在地球上的

云啊。’

“飞了一会儿，他们又看到了新奇有趣的景象。地球像一个巨大的盘子，离他们的脚底下已经非常遥远了。‘盘子’上只能看到深浅不一的颜色，亮一些的是海洋，暗一些的是陆地。现在，就连刚才的云层也离他们越来越远了，看上去就像地面上一小片一小片的雪。飞船正以极快的速度向上飞去，欧洲现在就跟地图上看到的一样：意大利像一只长靴子伸向深色的地中海；往北，斯堪的纳维亚半岛像一头跳跃的狮子，瑞典和挪威在其中；继续向北，能看到一大片亮闪闪的白色，那就是北极的冰雪了；在西方，那一大片灰黑色区域就是大西洋了。

“现在，又有更神奇的事情发生了。飞船从起飞到现在，一直是垂直上升。然而，他们的目的地是月球啊。月球几乎在太阳的对面，因为那时是满月。于是，飞船就需要改变方向，飞到地球的另一面。那时正值夜间，月亮高高地悬在空中。老教授把飞船转了一个方向，让飞船朝着月亮的方向飞去。小富兰克这时看到了更加奇妙的景象。之前，地球一直都像一个莹亮的大圆盘，而现在，圆盘在一点点地缺失，最后，地球就成了一个半圆形，另一半已经完全消失了。爸爸现在也注意到这个奇特的景象了。父子俩连连发出惊叹声。老教授也从沉思中醒来。‘啊，确实很奇特。’老教授说，‘不过其中的原理你们都能很容易理解。地球是一个巨大的球体，它本身不会发光。假使把地球想象成一个皮球，我们把这个皮球带到黑暗中，将蜡烛点燃照着它，我们就会发现，皮球的一面被蜡烛照亮了，而另一面是黑的。我们在黑夜中时，就是在没有被太阳照到的地球的另一面。飞船垂直上升时，我们一直都在白天；而转变方向后，我们正向黑夜的那面飞去。现在，我们正处在白天和黑夜交界的地方，左边是白天，右边是黑夜，太阳光无法照到黑夜的那一面，我们也就无法看到那一面。这个道理很简单，小富兰克也听懂了，不是吗？’

“是啊，这个去往月球的小旅行家也懂得这个道理，他在学校就已经听老师讲过。现在他亲眼所见，倒觉得甚为稀奇。然而更稀奇的事又发生了，一瞬间，他们和飞船都被黑暗吞没了，太阳像变魔术一般不见了，它被甩在了地球背面。在他们头顶上空，繁星闪烁，还有那圆圆的月亮。月亮的光如此轻柔，使他们的眼睛渐渐适应了黑暗。

“‘看啊，现在地球正在太阳和我们中间，太阳光无法照到我们这里，它照在地球的另一面，把地球的影子投向我们，现在，我们就在地球的影子里面。正如月食发生时，月亮在地球的影子里，使得月亮变黑了一样。这些都是非常简单的道理，并不是什么稀奇古怪的事。’

“‘啊，像这样的旅行可以学到的东西太多了。’爸爸说，‘说不定以后我们也可以成为天文学家，亲爱的小富兰克。’

“现在，已经完全看不到地球了。飞船已经完全来到了地球另一面，太阳光一点儿也照不到那里。月亮像一个灰色的圆盘，发出微弱的光芒，点点星光镶嵌在它的周围。

“越来越寒冷了，尽管飞船里有电暖炉，每个人都裹着厚厚的皮大衣，但还是被冻得直打战。小富兰克的爸爸询问为何这样寒冷，老教授兴奋地解释：

“‘如果用温度计来测量，太空里的气温大约是-200℃。在地球上的南极和北极，极地探险者测量出的平均气温是-65℃。然而这是在地球上，温暖地带的暖流会随着风来到极地。在太空里，怎样才能获得热量呢？只有被太阳或是像太阳一样发热的星球照耀到的地方，才能温暖起来。由于宇宙空间里没有空气……’讲到这里，教授的话突然被打断了，所有人都惊叫起来。一阵震耳欲聋的轰鸣声传来，同时有石头一样的东西噼里啪啦地撞击着飞船，令人总担心飞船会被撞个粉碎。小富兰克吓得赶紧从窗户边逃开。石头还在不停地向飞船砸来，有的还砸出了火花。

“‘月球人，是月球人！他们发现了我们，正在袭击我们！’小男孩尖声喊着。

“男孩的爸爸也吃惊得直往后退。天文学家脸色苍白、无计可施，来回踱着步子。

“好在这次危机只持续了片刻就过去了。但是老教授的心情却久久不能平复，同伴们提出的问题他也全不理睬。他把所有部件都查看了几遍，确保万无一失，才长长地嘘了口气。

“‘太危险了，防不胜防啊。’老教授摸了摸他的灰白头发，‘我们刚才遇到了十分糟糕的事情，其实我早该预料会遭此劫。但有些事情只能听天命。’

“‘刚才到底发生了什么？’爸爸问。

“‘我们遇到了陨石。它们在太空中游荡，数量超过几百万颗。我们在地球上能看到最小的陨石，拖着小火花快速划过天际，我们叫它们‘流星’。但是，那种巨大的陨石我们很少能看见，它们像燃烧的火箭一样发出巨大的火光，有的坠落到地球上，变成石头或铁块。自然博物馆里都有陨石展出的。哦，幸亏刚才的陨石没有砸碎飞船玻璃，否则我们都会窒息而死。’

“‘窒息而死？为什么？’

“‘是啊，太空里是没有空气的。我们现在呼吸到的氧气是我从地球上带来的，储存在地板上的钢桶里。这些钢桶慢慢释放出氧气，才能让我们维持生命。如果飞船被陨石击穿了，我们就会因为缺氧而窒息了。’

“这时，小男孩和爸爸才意识到这次旅行是一次冒险之旅。尽管现在已转危为安，但想想刚才还是令人后怕。

“不知不觉中，他们离月球越来越近了。月球还是像个圆盘，但盘上的细节已能清晰可辨。它在他们头顶上方悬浮着，发出清冷的光。而他们正以极快的速度冲向月球。

“‘月球距离地球有多远？我们需要多长时间可以到达月球？’富兰克的爸爸问。

“‘月球距离地球约有三十八万四千千米，朋友。’天文学家回答，‘其实这也不是特别远，相当于从柏林到纽约来回路程的三十倍，许多老船长都走过比这更长的里程呢。地球上发射的炮弹，如果能保证它不停下来，十天内就能到达月球。如果能有一条通往月球的铁路，一列快车昼夜不停地行驶，半年就可以到达月球。马上就可以到达月球了。现在，我们要准备登录了。每个人都要戴上氧气头盔，背好氧气瓶。月球上没有一丝空气，这也是人类无法在月球上居住的原因。我也要启动我的制动器了，否则照这样的速度行驶下去，我们到了月球就会被撞个粉碎。’

“他们三人一齐忙碌起来，不一会儿就穿戴好了。他们穿得有些像潜水员，头部完全被钢盔包住，与外界隔绝开来；颈部还用橡胶带收紧，这样就不会漏气。他们将钢瓶绑在背上，由一根管子将氧气输送到钢盔里去。钢盔上还有一面玻璃，透过玻璃能将外面看得一清二楚。但是，戴着头盔能听见外面的声音吗？怎样跟人讲话呢？小富兰克心中又有了疑问。

“月球已经近在咫尺了，他们被炫亮夺目的反射光包围着。老教授拨动着各种旋钮和操纵杆，转动着螺旋和把手，富兰克的爸爸在一边做他的助手。终于，一切都准备就绪了。

“‘好了，’老教授说，‘一个伟大的时刻就要到了！片刻之后，第一批人类就要踏足月球，这要归功于我首屈一指的发明。不过，那个制动器虽然设计得很好，但也难免让飞船受到猛烈的冲撞，大家要有准备。你们赶快坐在悬空的吊椅里，吊椅是由橡胶、羽毛和弹簧做成的，可以让我们的骨骼减少冲击。’

“每个人的心都像棒槌一样上下跳动。富兰克担心骨头会被撞碎，两腿不住地颤抖。可是他们没有时间想太多，刚在吊椅里坐好，飞船就开始着陆了。

“‘坐好，坐好！’教授喊着。他的话音刚落，就听见轰的一声巨响，这响声惊心动魄，将一切可碎的物件都震碎了。小富兰克只觉得脑袋嗡嗡地响，浑身骨头都疼。他眼前一黑，就什么也不知道了。”

这时候，老乌拉·波拉暂停了故事，长叹了一口气。孩子们却都还沉浸在故事里，张着嘴，安安静静地坐着。他们都为故事里人物的命运担忧呢。

“把你们的嘴都闭上吧，小心蝙蝠会飞进去。”老乌拉·波拉说，“你们得让我休息一会儿，我老了，说话都不利索了，可不像你们这群毛孩子一样不知疲倦。”说完，他打了两个响亮的喷嚏，他的辫子被惊得跳了跳。故事又可以继续了。

“飞船被撞坏了，三个旅行者躺在地上。如果这时有人看到他们，一定以为他们都死掉了。但是他们只是昏迷了。富兰克的爸爸身体最强健，他第一个醒来，庆幸自己的骨头完好无损。他看了看旁边的两人，也都还活着。等他们一个个都苏醒后，他就把他们都扶起来。他们也都是受了些皮外伤。教授用急救箱很快处理好了每人的小伤口。我们的小富兰克表现得相当勇敢，他只是哭了几声而已。

"'我们确实是在月球上吗？'他还是显得有些担忧，小声问道，'这里的石头、沙子看起来都跟地球上的一样啊。哦，天啊，这是怎么一回事？天上有太阳，可是又有那么多星星。现在是白天，可天空却是黑色的！'

"小男孩不停地问这问那，却没有谁回答他，就好像没人听见他说话一样。他这才发现，就连他自己都听不见自己的声音。'一定是钢盔把声音都阻隔了。'小男孩自言自语。这时，老教授碰了碰他的胳膊，又向他的爸爸做了个手势。教授掏出一把手枪，开了三枪，枪管里放出火花和烟雾，却听不见枪声。他们惊奇的表情让博学的教授觉得好笑，于是教授掏出笔记本，在上面写了段话：

"'由于月球上没有空气，所以不能传播声音，我们的耳朵也就什么也听不到。在地球上，如果把一个电铃放在玻璃罩里，再把玻璃罩里的空气抽走，我们也不会听到电铃的声音。现在，在这月球上，即使有

人在我们身边放大炮，我们也什么都听不见。如果你们有什么问题，写下来，我会书面回答你们。’

“他们点点头，表示明白了。小富兰克的爸爸用手指了指天空，那也是小富兰克的疑问。太阳悬空，明亮如火球，与地球上看到的别无二致，可天空却漆黑一片，群星在其中灿灿闪耀。

“教授点点头，坐在一块巨石上写道：‘这也是因为月球表面没有空气。在地球上，阳光照射着高空中的空气层而折射出蓝色，这明亮的蓝色把微弱的星光都遮住了。但月球上没有空气，不能折射阳光，自然就能在白天观看星星了。’

“真是一个奇妙的世界啊。小富兰克心想，这里听不见任何噪音，也听不见音乐和歌声，即便有整队的士兵和马车走过也是悄无声息。学校的功课必须用纸写下来，如果有人想争吵，也只能写在纸上。

“教授带着他们，想爬到山上看看远处的世界。周边一片荒芜，远远近近看不见一点绿色，看不见一棵树，也看不见一根草。地上没有一只昆虫，天上没有一只鸟儿；极目望去，只有开裂的岩石和黑暗的大峡谷。平原也是不毛之地，所见只有干热的沙子和灰尘。整个月球寂静无声，天色乌黑沉郁，令人感到阴森恐怖。与月球相比，地球是多么美丽啊。天空有蓝天白云，地面有绿草、森林、河流、海洋，还有千千万万不同的动物！风儿吹动着云朵，处处都有欢声笑语，地球是多么生机勃勃啊。

“他们走了没多远就到达了山顶，终于看清了山脉的全部形状。现在，展现在他们眼前的是一片辽阔的平原。教授告诉同伴们，在地球上通过大型望远镜也能看清这一切。月球研究专家还拍摄了清晰的照片，给这里的每一处山脉和平原都取了名字，绘制了精准的月球地图，就像人们给地球上的山脉和平原都取了名字、制作了地图一样。

“‘天文学家将这个大平原称为雨海’。教授将他的话写在纸上，‘很久以前，这里也许有一片海洋，但现在却是干涸一片。就像没有一点声音一样，月球上也没有一滴水。在平原远处的边缘上，能够看到山顶上银光闪闪，科学家将之命名为亚平宁山脉。在平原的中央，你们还能看到一个火山口。月球这块奇异

的土地上，像这样的火山口有成千上万。你们看，它们都是由许多大岩石围成的环形，在环形的中心还有锥形的小山。’

“小富兰克在他的笔记本上写道：‘月球上的这些火山口看上去像是被掏空了的牙齿。’教授笑着在本子上回复：‘你说的很对，小朋友。不过这些牙齿大多数都有五十千米宽呢。’

“现在，他们三人又向月球另一面走去。他们走到黑夜与白昼的交界处，月面就要背向太阳了。小富兰克一直觉得很奇怪，为什么在月球上走路那么轻松？不费什么力气就能走得很快？他捡起一块石头抛向空中，然后他就惊讶地停住了脚步。石头向空中飞去，高得看不见踪影，一直到很远的地方才落下来。老教授见状，叫小富兰克看他的表演。只见教授快速奔跑了几步，在一个小山坡上纵身一跳，就跃入了空中，飞过像房子那么高的小山，然后轻轻降落在对面。看见老教授突然腾空，手舞足蹈，衣袂飘飘，父子俩忍不住哈哈大笑。他们从来没见过这样的表演，觉得十分好奇，自己也想来玩玩这个腾空游戏。小富兰克的爸爸比老教授跳得更高，他又玩了玩抛石头的游戏，那当然也比小富兰克抛得更远，有一块石头竟不知去向。玩过后，他们来到老教授身边，向他请教：为什么在月球上他们可以有强大的‘功夫’，但在地球上，即使最强大的人也没有那种‘功夫’？那些巨大的石块，小富兰克居然可以轻而易举地举起，可是在地球上，那样的巨石连强壮的爸爸都无法举起。这些问题对于父子俩来说很奇特，但知识渊博的老教授却非常清楚。于是教授坐下来，写道：

“‘一个地球约等于四十九个月球，所以月球比地球小太多。正因为月球小，所以它的引力也比地球小很多，月球上所有的物体也都轻了不少，我们举起一块石头就有了举重若轻的感觉，还能把石头扔得更远。据估计，在月球上，我们的体重只有地球上的六分之一，所以我们跳跃时所用的力气也减少了六分之五，跳跃的力量超出了地球上的五倍，所以我们能够跳过小山。这些道理都很简单，全都是自然现象，并不是有什么魔法。你学到的知识越多，你能解释的现象也就越多。’

“小富兰克却心想：‘这世界太奇妙了。假如我从地球上带一斤巧克力来，在这里用弹簧秤称一下，即使我一口也没有吃，巧克力也会只剩下六分之一呢。’

“他们愉快地向前走着，一直走到月球的黑暗面。他们的身体非常轻盈，虽然走得很快，但并不感到疲惫。太阳在月球的地平线上逐渐下沉，忽然间，他们进入了完全黑暗的世界。在地球上，太阳落山之时，空气会把太阳光反射和折射，形成绚烂的晚霞，然后天色逐渐变暗。由于月球上没有空气，这一切也就无法看到。此时，只有高高的山峰上还能被阳光照到，远远望去就像水晶一样闪闪发亮。当那些光亮被其他山峰遮挡后，四下就陷入了完全的黑暗，伸手不见五指。爸爸想点一根火柴，可是火柴一闪就熄灭了。他忘记了在没有空气的地方，任何东西都无法燃烧。老教授早就考虑到这一点，他在腰带上挂了一个大大的手电筒，电筒一打开，就有明亮的光照耀前路。他们又走了不知多久，忽然，地平线上出现了一团亮光。这亮光像地球上的月亮一样往上升，升入那满天繁星之中。它是那么明亮，将周围的一切都照得清清楚楚，于是教授关掉了手电筒。

“他们站在那里，叹为观止，仰望着月球上升起的奇异的‘月亮’——这个‘月亮’要比我们地球上见到的月亮大十三倍。小富兰克和爸爸看到这星球上面有许多明暗相间的色块，那些色块看上去很眼熟，好像在哪里见过一样。天文学教授拿出纸和笔，在上面写了几个字：‘这个大圆盘是地球！’

“没错，这个大圆盘是地球。小富兰克曾经在学校观察过地球仪，现在他眼前出现了真正的地球，上面的陆地与海洋的轮廓他都能认得出。大大的三角形是南美洲，它周围的海洋是大西洋和太平洋，泛着白色亮光的是南极洲。对于三个旅行者而言，月球变成了地球，而地球变成了月亮。博学的教授又向他们解释，这一切都很自然。我们在地球上时，月亮像星星一样浮在空中；我们在月球上时，地球也像星星一样浮在空中，只不过，地球要比月球大许多而已。

“三个人就在地球的柔光下漫步月球，正如地球上的人们在月光下漫步一样。但是，遥远的地球上有着森林和草原，有着鲜花和鸟语，有着江湖和海洋，还有许多忙忙碌碌的人；而在月球上却荒凉凄清。小富兰克和爸爸开始想念故乡了，那里有带着花园的房子，有富兰克的妈妈。哦，妈妈肯定在日夜盼望着飞船能够回来呢。小男孩拉着爸爸的手，指了指地球。爸爸立刻明白了他的意思，于是走到教授旁边，拍拍他的肩膀，示意他应该乘坐飞船返航了。

“可是老教授摇了摇头，他在纸上写道：‘飞船已经损坏了，我们只能留在月球上。’

“‘我们可以把它修理好。’爸爸回复道。

“‘不，我们应该待在这里。这里很有趣，有太多值得探索的地方，我还要写一本关于月球的著作。’天文学家回答。

“‘你这个老顽固，为什么没想好回家的方法就把我们诱骗到月球上来，还不让我们回去？’爸爸激烈地指责教授。

“教授生气地跺着脚，但他永远只有一句回答：‘我们就留在这里！’

“现在，老教授好像变成了恶魔。他的小眼睛在镜片后面转动着，眼神充满了蔑视。他恶狠狠地挥舞着双手，威胁着父子俩。小富兰克感到又焦急又恐惧。

“爸爸和老教授打起来了！他们试图抓住对方，推推搡搡，谁也不放过谁。扭打之中，他们来到了岩石裂缝旁边。这条裂缝深不见底，小富兰克生怕爸爸摔了下去。他跑过去，想拉住爸爸的衣服，但已经晚了！他们三人一起坠入了万丈深渊，一直坠，一直坠，坠入了无边无涯的黑暗中。

“忽然，小富兰克觉得被一只手抓住了，他看见了光，看见他的妈妈正站在床前，微笑着说：

“‘小懒虫，还不起床啊。太阳已经高高挂在天上了。我听见你在喊叫，一定是在做梦吧？昨晚你睡得太晚了，听了太多月亮的故事。’”

冰山

春日的一个早上，我们推开书房的门，老乌拉·波拉正在看报纸。他舒舒服服地坐在躺椅上，脑袋靠在高高的椅背上，辫子时不时地晃动着，眼镜滑到了鼻尖。

看到我们，他抬起头，向我们招手：“孩子们，过来。你们听说了那起沉船事件吗？一艘轮船撞到了冰山，报纸上是这样报道的。船上有好几百号人，都随着轮船沉到了大海里。”我们全都好奇地挤过去，乌拉·波拉推推眼镜，接着说，“你们想听冰山的故事吗？我这里有一个，和刚才的那个新闻差不多。”说到这里，他又拿起电话拨了个号码，“喂，是克立斯蒂娜吗？我们这里需要点热茶。”

挂了电话，他起身来到火炉旁，我们全都围坐在他身边。“这是一个寒冷的故事，喝点儿热茶会更好。

来吧，故事发生在寒冷的格陵兰岛——

“格陵兰岛是一个荒凉的岛屿，到了冬天，大部分时间都是黑夜，没有几个星期能见到太阳。寒风呼啸，气温能降到-50℃。但岛上也不是一个人都没有，那里住着因纽特人，还有一些狩猎海豹和鲸鱼的人。岛上还能见到驯鹿，它们挖开厚厚的雪层，找到一点儿灰绿色的苔藓当食物，生活很艰难。一片冰天雪地，厚厚的冰和雪不断地堆积，冰层越来越厚，超过了陆地的承受范围，便向大海倾斜，慢慢地推向海岸。海岸相对暖和一点儿。冰流巨大无比，有数千米宽，蔚然壮观，我们称之为冰川。这里靠近北极圈，整个冬天一直见不到阳光，太阳躲在地平线以下。黑漆漆的夜空中有星星在闪烁，星光照在冰川上，闪闪发光。除了星光，北极圈还能见到奇异的绿色极光。

“冰流抵达海岸后，从陡峭的岸上滑入海水中。它们咆哮着、推搡着，相互撞击发出巨大的噼啪声，冰川上显露出又长又宽的裂缝。冰川承受不住，从裂缝处断裂开来。一块巨大的，足以在上面建造十来幢房屋的冰块，从冰川上坠落下来，砸向大海，轰隆隆，激起滔天巨浪。汹涌澎湃的大海多了条白色的水柱，一座冰山就这样诞生了！

“冰山浮在海面上，海流带着它离开海岸，一路朝南前行。它巨大的身躯躺在冰冷的海水中，远远看去，就是一座漂浮在水上的城堡。看，上面的塔楼、碉堡和尖塔多么完美。顺着洋流，这座城堡经过了巴芬岛，顺着拉布拉多海岸，来到了北美洲。最后，它顺利来到了大西洋。

“从北欧向南，一直不见阳光的冰山终于见到了太阳。太阳好似一个火球，浑圆、散发着暖气，从地平线上跳脱出来，活像一个冒着火的轮子。在太阳的照耀下，冰山仿佛被施了魔法，变得瑰丽无比。火红、炽热的太阳倒映在冰山上，本来晶莹剔透的冰墙换了一副模样，它像燃烧了起来一般，浑身喷射着如火焰般的光彩。阳光也照在冰山的裂痕上，折射出一道道五颜六色的光芒。

“冰山继续向南漂移，太阳越升越高，天气没有那么寒冷了。冰山在阳光的照射下开始融化，细小的

水流从缝隙间滴落，又被冷风冻结成冰柱。一道道冰柱悬挂在冰山上，有的比树干还要粗，有的像电线杆一样长。阳光像刻刀一样，发挥着自己出色的才能，把冰山雕琢成了最美的水晶宫，各种各样的亭台楼阁一应俱全。正午，它滑行在蔚蓝的海浪上，比洁白的精灵城堡还要圣洁；到了傍晚，水晶宫身披太阳炽热的火红色，亮得耀眼；夜间，月亮爬上天空，冰冷的光射在城堡上，发出碧绿色的光。

“我们所见的冰山只是它露出来的小小一角，在海平面上，它像高耸在海面上的教堂；然而我们潜入海平面之下，就会发现冰山庞大，它像山一样的下半部沉在水里。这才是冰山的全貌。它体积庞大，重量无法估量，大部分都掩藏在海水之下。

“冰山会翻身吗？当然会。它南面的一侧始终照耀着太阳，这一侧的海水更温暖。在海水的冲刷下，冰山渐渐一边重一边轻，失去了平衡。一阵大风猛烈地吹来，冰山要翻身了！它的身体开始向南倾斜，北侧那边的底慢慢地上升，狂风像一只巨手，朝整个城堡倾斜的那边按去，冰山就这样翻了个身。灾难就此发生了，如同巨人倒地会引起巨震一样，冰山引起的响动也不小。它掀起很高的波浪，如雪的泡沫拍打在海面上，一浪接一浪，一排排地咆哮着向四周扩散。在巨浪的推挤下，这座水晶宫顺着海流，不慌不忙地，缓缓地沿纽芬兰海岸前行。原本立在水晶宫顶休息的海鸥，被这突如其来的晃动吓坏了，扑棱着银色的翅膀飞来飞去，又俯冲到水面上，叼起小鱼后连忙飞走。

“这座水晶宫继续漂着，一天又一天，它出现在了纽芬兰至英国的航线上。

“此时，正是黑夜，一艘名叫‘北极星’的大型货轮正缓缓驶来，激起汹涌的波涛。杰姆是一名经验丰富的舵手，他正用一双像猫头鹰一样的眼睛，注意着周围的一切。在闪烁的星光下，杰姆头上戴着防雨的帽子，短大衣外罩着一件油布外套，两条腿也裹在厚厚的防水靴里。他嘴里嚼着烟草，两条腿十分有节奏地顿着。

“‘杰姆，’黑暗中传来船长的声音，他叼着一只短烟斗快步走来，灰色的长胡须被风吹得飘了起来，

‘真该死，有座冰山漂到了我们的航道上。要是撞上了，我们就都完蛋了！你要睁大眼睛仔细瞧着。我派了两个人过来和你一起侦察，一个人时难免会走神。’

“老舵手呸的一声把口中的烟草吐到了几米开外的甲板上，然后说：‘我的鼻子很灵，船长，我可以嗅到冰山的气味。当它们在黑暗中离我们越来越近时，我就会生出不好的预感，这准没错。不过，靠温度计才是最准确的。’他停顿了一会儿，接着说，‘温度计必不可少。船上有四支温度计，有两支挂在船的左右两边，伸入水中；还有两支挂在驾驶室两边，半悬在空中。这样，我们既能准确地知道水温，也能知道气温是否有波动。要知道，冰山会释放大量的冷气。要是它离我们不远，水温和气温会骤然下降，从温度计的数字上，我们就能得知。’

“船长点点头说：‘杰姆，你留意驾驶室旁的两支温度计，另外两支水下的温度计我会注意的。’说完，船长大摇大摆地走开了。

“船上的红绿信号灯闪烁不定，航行灯投出白色的光柱，扫射前方的海域。海浪轻轻地拍打着船舷，一切看起来都很正常。漆黑的夜空中，猎户座的几颗星子闪着光，出现在海平线上。银河横跨整个夜空，像一条闪亮的银丝带。船上的人凝神屏气，几双眼睛穿过夜色凝视着四周，生怕那个可怕的冰山突然出现。

“渐渐地，星星像是蒙上了一层面纱，航行灯只能像探照灯一样，在前方不远处投下一束束光柱。四周模糊起来，起夜雾了。刚开始，雾很薄很轻柔；渐渐地，雾变得越来越厚，一个小时左右，船就被裹进了浓浓的雾霭中，什么也看不见了。

“‘北极星’号上响起了低沉的雾笛声，它是在警告迎面而来的船只，因为此时船上的灯光全被浓浓的雾气包裹住了，从远处几乎看不到。‘北极星’号上的水手们也很紧张，全神贯注地听着，警惕着从远处传来的声音。

“杰姆焦躁不安起来，他连连咒骂：‘这该死的雾气！’他浓密的胡子上挂满了小水珠，湿漉漉的，身上的油衣也淌着雾气凝结成的小水珠；一走动，水滴就从他身上滴落下来。

“船长走了过来，他此刻忧心忡忡：‘杰姆，情况有些糟糕。这附近一定有冰山，雾就是不祥的预兆。冰山会使周围的空气降温，让水汽凝结成小水滴，形成雾气。可是该死的，我们根本看不见，现在只能依赖温度计了！’

“老舵手搓着手回答：‘纽芬兰海岸总有恶魔出没，简直就是被上帝遗忘的地方！我可以嗅到潜伏在四周的冰山，不过目前还没有异样。’

“船长看着四周的雾气，说：‘只要能度过今晚，危险就过去了。白天雾气会散去，我们就能看到冰山，绕过危险地带！现在，温度计得一刻不停地盯着，我去看温度计了。’说着，船长转过身，消失在了浓浓的雾气中。

“半个小时后，黑暗中响起了一阵惊呼声。‘冰山，不远处有冰山！’杰姆高声叫起来，‘我嗅到了，一股冷空气正向我们扑面而来。船长，一定是冰山！’

“‘不会吧？温度计的指针才下降了半度，只有半

度而已。’船长有点不敢相信，‘应该不会有什么大问题吧？’

“杰姆仍然坚持：‘是真的，船长，我已经闻到了冰山的气息，很强烈。我敢肯定，一定是冰山！’

“船长又跑去看温度计，一会儿后，他慌慌张张地跑回来，大口喘着气：‘杰姆，你说的没错，温度计的指针又下降了！’

“‘是的，船长，驾驶室这里的温度计我一直盯着，上面的指针也在下降。天啊，冰山已经近在眼前了！’

“冰山就像蛰伏在黑暗中的敌人，没有人知道它会从哪个方向冒出来。船长焦急地在甲板上踱着步：‘我们是在向它靠近？天哪，接下来该怎么办？’

“冰山的位置不确定，他们也没有半点儿办法抵御它。在庞大的冰山面前，任何防备都是多余的。想到这，船长满脸担忧，‘北极星’号上的货物、乘客和船员全都指望着他，他要负责让‘北极星’号远离危险。

“老舵手说：‘船长，我们只能振作起来。无论我

们做什么，都无法躲过冰山。只希望看到冰山前，我们还有时间采取一些措施，避免灾难发生。'

“船长脚步匆忙地离去，很快，他把船员全聚集在一起。船长告诉大家即将面临的危险，又讲了一下发生危险时的自救方法。最后，他命令舵手减速，把船的速度减到最小，以降低和冰山碰撞时的剧烈程度。除了这些，也没有别的办法了。船上安静极了，所有人都凝视着黑暗。

“远处时不时传来雾笛声和海浪拍打船舷的声音。此外，就是死一般的寂静了。船的速度渐渐慢了下来，蛰伏在黑暗中的敌人仍未露面。

“突然，浓雾中出现了一面灰白色的墙壁。就在不远处，它巍峨耸立，冰冷的寒气扑面而来。是它，巨大的冰山,像幽灵一样悄无声息地出现在了雾气中。

“所有人都在发抖，不知是因为寒气，还是因为近在眼前的危险。

“但是很快，人们就反应过来。每个人都匆忙跑到自己的岗位上。舵手猛转船舵，让船艏朝远离冰山的那一侧转去。船的推进器开始逆转，努力避免一次即将发生的碰撞。船仍在前行，但速度已经降下来了。

“众人全都屏住了呼吸。一旦撞上去，船非得粉碎不可。船仍在一点一点向冰山靠近。突然，船底响起噼里啪啦的声响。是‘北极星’号的龙骨碰到冰山隐没在海面下的底部了。不过幸运的是，船的速度已经非常缓慢了，这一次撞击并没有对船造成严重的损坏。船仍在向前滑行，离冰山在水面上的那部分非常近了。船上的灯发出红光，倒映在冰山上，跳跃着的红光像是在冰山上跳舞。

“因为龙骨触碰到了冰山的底部，船身微微有些倾斜。舵手抓住这个时机，转动船舵，船改变了航行的方向。龙骨从碎冰上碾过，发出刺耳的声响。船终于绕过了冰山，缓慢离开。紧接着，船加快速度，终于从冰山身边逃走了。

“船员们都看着那座冰山，它在航灯的照耀下，闪闪发光，悄无声息地从‘北极星’号身边掠过。所有人都松了一口气。那个可怕的家伙向南漂去，终于消失在了浓浓的雾气之中。

“‘真像在地狱里走了一遭！’杰姆擦了擦胡子上的水珠，‘这真是太恐怖了，以后给我再多的黄金，我也决不想再经历一次了！’

“杰姆回忆起自己二十年来的航海生涯，这还是第一次遇到这么危险的事。他晃了晃两鬓斑白的脑袋，心想，这次能够安然无恙，靠的也许不全是运气，还有自己那敏锐的鼻子，是它嗅到了冰山的气息。

“船长拍拍他的肩膀：‘杰姆，一切都过去了。老天保佑，我们没有撞上那个可怕的家伙。伙计们，是该去庆祝一番了。这次我请客！’

“船员们全都欢呼着。‘北极星’号继续向前航行，按着原来的航线，一路向东，朝着欧洲驶去。

“冰山仍在慢慢地漂移，向着更温暖的地方移动。那儿的太阳更暖和，海水更温暖。阳光的热力烘烤着它，海水轻柔地抚摸着它，冰山逐渐地融化。渐渐地，它失去了平衡，在水里打着转儿，翻着身。这座水晶宫的塔楼不见了，冰柱也倒塌了，美丽耀眼的冰山变成了渺小而丑陋的冰块。

“冰山继续向南漂移，从北方来到了非洲的海岸附近。它抵达摩洛哥满是棕榈树林的海滩附近时，最后一层薄薄的冰融化在了温暖的海水中。这个庞然大物就这样消失了。”

小燕子和电线杆

“今天，我要给大家分享一个关于小燕子和电线杆的故事。这个故事可能不会特别有趣，但是也不会很悲伤。所以，如果有人对这个故事不感兴趣，就请耐心、安静地等待，不要打扰其他想听故事的小朋友，好吗？”乌拉·波拉博士说。

“一根根电线杆整整齐齐地沿着铁路排列着，从喧嚣的城市一直延伸至田野和森林。鸟儿落在电线上面休息时，宛如五线谱上的可爱音符。电线杆默默地挺立着，电线穿过宁静的村庄。村里的孩子们总喜欢把耳朵贴在电线杆的柱子上，聚精会神地聆听电线杆上的奇妙旋律。当然，电线杆本身并不会唱歌，这是微风吹过电线时发出的声音，宛如竖琴演奏出的美妙音乐。

“沿着铁轨，电线杆进入了乡村，那里的谷物在阳光的照耀下闪耀着金黄色。继续向前，它穿过宁静的山毛榉森林。翠绿的森林枝繁叶茂，一派生机勃勃的景象。然后，它来到一个全新的城市，城市里弥漫着灰尘、烟雾和喧嚣的人声。

“在村庄和森林的交会处，一根电线杆默默矗立着。它伸出坚实的臂膀，牢牢支撑着并列的电线，与翠绿的树枝紧密相邻。一只穿着深蓝色裙子和白色马甲的小燕子飞过来，安静地落在电线上，欢快地晃着尾巴。

“它晃了晃轻盈的身体，优雅地说：‘彼得，跟我一起来吧！’

“电线杆略带抱怨地回答：‘你们这些四处飞行的鸟儿都是散漫的音乐家。’但它并不生气，因为它喜欢这些活泼的小歌唱家从远方来和它打招呼，陪它说话。

“小燕子再次邀请道：‘彼得，跟我一起来吧！’这是小燕子的习惯，因为它的外婆和妈妈都是这么说话的。

“‘我已经在这里守了二十年了！我不能离开，因

为我是一名忠诚的守卫。’电线杆说。不过，电线杆心里想着：如果能像飞鸟一样在天空中自由翱翔，也许并不是件坏事。

“‘我是从远方飞到这里来的。’燕子快乐地说，‘那里气候宜人，蓝蓝的天空如同蓝色的矢车菊一样美丽。温暖的阳光照耀着大地，海岸边有美丽的月桂树丛，果树上挂满了黄灿灿的柠檬和橘子。那里的人们喜欢在海边欢唱动听的歌谣，生活得非常幸福。那个地方真的太美了。彼得，跟我一起去看看吧。’

“电线杆回答：‘嗯，是的，那一定是个美丽的地方！但是像我们电线杆这样的存在，根本无法亲眼目睹那样的景象。作为这里的守卫，我必须坚守在岗位上，全力以赴完成我的工作。如果我不好好照顾电线，任由它们随意飘扬，那么这个世界就会变得秩序混乱。这些电线十分顽固且难以驯服，但是我能处理好这一切，因为我是一位忠诚而有经验的守护者。’

“‘但这太无聊了。’小燕子嘀咕着，轻轻拍了拍她的翅膀，继续说，‘我环游世界，听到了很多有趣的事。如果你有兴趣，我可以和你分享哟。’

“‘哦，我的天哪，那还是算了吧！你听到的那些有趣的事，都是通过我身上的这些电线来传播的，我可是第一个听到这些新鲜事的人。’电线杆说。

“‘可是我今天在旅途中遇到的事情，你一定还不知道呢。我一路从南方飞来，你根本不可能知道我在路上遇到了什么事！你这个木讷的家伙！’

“‘哼，你这个小家伙，虽然你可以迎风飞翔，但就算你飞得再快，也无法像电线传递信息那样快速。它们的速度就像闪电一样，转瞬间就将世界各地的奇闻逸事传遍了。如果你不像猎狗那样敏锐，也许在你还没来得及理解发生了什么，信息就已经离你百里之遥了。人类非常聪明，他们不需要身临其境，也不需要长途旅行，就能跨越地域，及时了解远方发生的一切新闻，这都是电线的功劳。他们使用电报这种方式传递消息。在遥远的大城市里，有专门的人负责发电报。他们把电线连接到一座建筑物里，那就是电报局。人们将一种看不见的神奇力量装进一个神奇的盒子里，这种力量像轻风一样柔和却又强大。人们用手指轻轻按下盒子上的按钮，手指会感到一阵轻微的电击，就像被咬了一口一样。人们称这种神奇的力量为‘电’。最了不起的是电的速度，它比暴风还要快，比最快的鸟儿飞行的速度还要快，犹如闪电一般。利用这种神奇的力量和速度，人们可以通过电线传递他们的信息，电线另一端的人可以清晰地接收到这些信息。嗯，就是这样，人们的思想仿佛插上了翅膀，通过电机发出，通过我身上这些电线飞到世界各地！现在，告诉我你在旅途中都遇到了什么有趣的事情吧！’

“‘在南方的时候，我曾经到过一个迷人的花园。那里的花儿非常漂亮，还很罕见，芳香四溢。那里有一片古老的树丛，里面矗立着一座宏伟的城堡。城堡金碧辉煌，墙壁上镶嵌着闪烁的水晶。城堡里住着一位生病的国王，他身体虚弱，面色苍白，坐在一把椅子上。他的侍从默默地站在他身边。阳光温暖地洒在花园中，花香沁人心脾，鸟儿在树枝上欢快地歌唱。然而，一滴眼泪悄悄地从国王苍白的脸颊上滑落下来，因为他知道自己的病日益加重，快要离开人世了。看到这一幕，我感到非常伤心，我停在他身上，大声邀请他和我一起。我相信他听到了，因为他微微

一笑，甚至还抬头看了我一眼。但我还得继续前行。后来我就飞走了，不知道那位国王现在如何了。’

“‘我已经通过电报了解到了这个消息。’电线杆说，‘这个消息从遥远的南方传到这个寒冷的北方只用了短短几秒钟的时间。不幸的是，善良的国王在太阳落山时离开了人世。’

“‘这真是太不可思议了！’小燕子说，‘我以最快的速度从那里飞来，而你一直站在这里，却比我更了解我在旅途中遇到的事情。’

“‘没错，这都要感谢电和电报。’电线杆骄傲地说道。作为一名电信行业的守护者，它的脸上流露出自豪的神情。

“‘我飞越过阿尔卑斯山，’小燕子兴奋地说，‘阿尔卑斯山上的景色确实壮丽。阳光照耀下，冰雪覆盖的山峰闪闪发光，高耸入云，令人惊叹。正当我俯瞰山脚下一列火车驶过时，发生了一件十分恐怖的事情！大量雪球从山顶滚向山谷。雪球越滚越大，宛如小山一般。随着雪球滚动，山上的泥土、石块甚至被压断的大树也一同滚落！情况非常危险！火车上的人们惊恐地尖叫起来。就在那时，雪球砸落在铁轨上，整个山谷瞬间变成一片白色海洋，火车和乘客们被困在雪中。如果我能亲眼目睹后来的恢复过程就好了，但我不得不继续向北飞行。’

“‘你知道吗？’电线杆得意地说，‘你刚刚讲的事情我已经知道了。这个消息早已通过电线传输过来了。今晚，城里的居民们会穿着舒适的睡袍和拖鞋，惬意地坐在沙发上，边喝茶边阅读报纸，在报纸上看这个消息。电报上描述，刚刚发生了一场规模巨大的雪崩，还需要几个小时才能修复铁轨，让火车继续行驶。附近村庄里的人们都拿着铁锹和锄头，积极参与除雪工作，军队的士兵们也加入了救援行动。’

“‘是的，是的，’小燕子说，‘自从世界上有了电线杆，有了电报，我们这些飞行的信使似乎变得没那么重要了。我们不得不迁徙到最遥远的原始森林里去了，那里还没有电报的概念，也没有电线杆的存在。那里新闻传播的速度，可不像在繁华的城市中那么快速。’

“‘听我说！’电线杆说，‘不论是好事还是坏事，悲伤的事还是欢乐的事，它们都能以闪电般的速度传递出去。某个地方有一位名人去世了，几分钟后，另一个地方有一位母亲迎来了新生命；一艘船在大海上沉没了；一个穷困潦倒甚至连面包都买不起的人突然中了大奖……这些充满喜怒哀乐的消息通过电线在宁静的林间小路上传递着。你只能看到这些电线，却无法看到电线背后承载的重要信息。不过现在，你可以继续给我讲讲你在旅途中的见闻，也许你真的能告诉我一些电报所不知道的新奇事情呢！'

"'我在一片幽暗的森林上空飞行，森林里有一座孤零零的房屋。旅途太过劳累，我便停在屋檐上，打算稍作休憩，忽然看到一个人悄悄地从黑暗的森林深处走过来，给人一种阴森恐怖的感觉。他爬到一扇窗前，房间里面只有一位妇人坐在孩子的床边，焦急地等待她的丈夫归来。她的丈夫是一位护林员。那人爬进了屋子，紧接着，我听到了东西摔到地上的声音，听到了妇人可怕的尖叫声。很快一切又恢复了平静。

"'没过多久，坏人背着一包赃物从窗户爬了出来。他格外小心地环顾四周，确保没有人发现他，然

后迅速向黑暗的森林走去。只有我目睹了他的行动，于是，我追上去，不停地对他大声喊叫。然而，他很快就钻进森林逃走了。’

“‘不！他并没有顺利逃掉！’电线杆说，‘如果没有电报把这个消息迅速传遍全世界，或许他真的能逃脱。护林员返回家中时，发现他的妻子受了伤。妻子虚弱地向他描述了发生的一切，并且详细描绘了坏人的相貌和穿着。护林员迅速骑车来到最近的镇上报案。听了他的描述，电报员快速将整个事件的细节以及坏人的外貌和所盗物品编辑成电报发送给各个地方。消息很快从一个车站传到另一个车站，从一个城镇传到另一个城镇。各个地方的警察都迅速得知了此事。

“‘深夜，坏人为了躲避追捕，企图在一个小火车站搭乘火车，逃往一个没有人认识他的大城市。然而，火车站的进站口站着一位戴着头盔、留着浓密胡子的工作人员，他警觉地注视着每一个从他身旁经过的人，将他们与电报中描述的坏人的相貌进行对比。突然，他喊道：‘看那个人！那个坏蛋居然逃到这里来了！’因此，坏人还没来得及反抗，就被警察逮捕了。如果没有电报，坏人可能会逃脱，因为没有什么能像电报这般快速地传递消息。’

“‘嘿，老伙计，’小燕子说，‘看来我没什么新鲜事可以分享给你了，你好像什么都知道。但我还是很高兴，毕竟坏人最终被抓住了。再见了，你自己多保重啊！现在，我要飞到那棵老杉树上去，陪那棵老杉树聊天了，它肯定不知道电报这种神奇的东西。所以，对它来说，我的故事一定还是新奇有趣的。’

“说完，小燕子就朝老杉树的方向飞去，远远还能听到它叽叽喳喳地叫着：‘来吧，我们一起走！’

“电线杆依然在嗡嗡地响着。一位背着背包、帽子上别着两根树枝的流浪汉恰好从这里路过，听到了这声音，但他也不清楚为什么电线杆会发出嗡嗡声。”

小盐粒的故事

老乌拉·波拉的玻璃柜里藏满了各种奇怪的物件。这次，他拿出一个大显微镜，兴奋地说："小家伙们，这个显微镜里的世界简直太奇妙了。啊，它就像一个魔法放大镜！透过它，你可以看到各种肉眼看不见的小生物。在显微镜里，小小的蚜虫就像大象一样大，只要动一动它那毛茸茸的脚，就足以把人吓死。一滴毫不起眼的水珠，在显微镜下，就像一艘马力十足的、向前行驶的小船。而水滴中的小生物，身上仿佛装上了驱动器一样。司空见惯的小苍蝇，在显微镜下，也会变得像机械设备一样，复杂且可怕。哈哈，克立斯蒂娜就受过一次惊吓。那一次她透过显微镜，看到一只苍蝇正伸着触须到处闻，立马尖叫着飞奔而去。当时的情景，到现在我还历历在目。"

"大家别动！"老乌拉·波拉做出"嘘"的手势，

继续说道，“我要抓住桌子上的苍蝇！哎呀，怎么让它逃走了……快来看看，它刚才‘侦察’的东西是什么？”

我们把头凑了过去。“好像一粒糖！”老乌拉·波拉说，“不对，它比大头针的头还要小，应该是一粒盐。苍蝇不喜欢吃盐，所以它飞跑了，我这个老头子也追不上它。那我们就用显微镜来观察一下这粒盐吧！我能想象，如果苍蝇抱着它，在显微镜下观察，它就像大象抱着一截木头一样滑稽。”

老乌拉·波拉把这粒盐放到显微镜下，开始摆弄显微镜。“真是鬼斧神工啊！”他说，“它的结构就像水晶一样，又像一座玻璃城堡。看这线条，多么清晰！墙面既干净又光滑，上面还覆盖着更小的盐块哩！这些盐块，不就是城堡的角楼和高塔吗？城堡内部的房间好整齐啊，它们都方方正正的，光可鉴人。假如阳光照射进来，就像阿拉伯王子和公主举行婚礼的宴会厅！这绚烂的一切，竟然是一颗苍蝇都能举起来的盐粒带给我们的。太不可思议了。

“不得不说，微观的世界可以和人类的世界媲美。

一粒盐的结构都这样精密复杂，就像被建筑师精心设计过一样。你们一直催着我讲其他国家的故事，为什么不关心眼前的奇迹和魔法呢？就比如这粒盐，它多么有趣啊！说到这里，我讲一讲这粒盐吧！

“大家猜一猜，这粒盐是从哪里来的呢？这是克立斯蒂娜花五分钱，从写有‘售卖鲱鱼、热带水果’招牌的杂货店买回来的，五分钱可以买很大一袋盐呢！杂货店的老板绝对想不到，他只收了五分钱，就卖了这么神奇的东西！克立斯蒂娜也不会明白，她往锅里一勺勺倒盐的时候，就好像倒进去一座座光彩夺目的宫殿！如果我这样跟她说话，她肯定觉得我不可理喻。学者们研究发现，7.2×10^{18}个小粒子才能组成一粒盐。每一粒盐都像被铅锤和量角器量过一样。这是多么让人惊讶啊！

“这么多小粒子组成的盐粒，苍蝇竟然能搬动它，奇妙吧！当我们吃下一小颗盐粒，它就会顺着食道进入我们的胃部。在胃部这个化学工厂里，胃液可以把小粒子一颗颗分解。

“杂货店的老板很会吆喝，生意不错，因此他每个月都会进货，光盐都能进好几桶。给这个杂货店送货的两个人，有着棕色的皮肤。鲱鱼、热带水果和盐，都是他们驾着马车送过来的。这就是盐粒的由来。可别小瞧这些盐粒，它的年纪真不小！毫不夸张地说，把两个送货人、杂货店老板，以及我们所有人的年纪加起来，都没它大。它应该有几百万岁了，在人类还没诞生的时候，它就存在了。你们怎么都这样看着我？我真的没有瞎说。既然学者们已经把盐粒研究得明明白白，我就讲一讲盐粒的故事吧。

“很久很久以前，没有人抱怨牙疼，也没有孩子厌恶上学，更不用背乘法口诀，因为那时候还没有人类。但是我们的地球，已经围绕太阳旋转很久了。那时候的地球，上面的很多大陆、海洋还没有消失，一些神奇的动植物也没有灭绝。当然，当时也没有欧洲大陆，它还是一片海洋呢！时光飞转，海水逐渐退去，留下了许多装有海水的湖泊。在阳光的照射下，湖中的水汽不断蒸腾，日积月累，这些海水湖就慢慢地干涸了。

“这个时候，我们的盐粒就要诞生了！水汽蒸发的时候，海水里的盐晶会沉淀下来，小盐粒就混在其中，它再也不能回到海洋妈妈的怀抱了。对它来说，还有更糟糕的！又过了成千上万年，海水蒸发完了，曾经的湖泊就会变成一个又一个大坑，坑里堆积的盐晶厚达几百米。可是，掘墓人的出动，风暴的来袭，风沙的吹打，都会把这些盐晶覆盖在地下深处。再过成千上万年，怒吼着的暴风雨、震天动地的泥石流会填充这块低洼的、富含盐晶的土地。当这块土地长满了花草树木，别人就不会知道地下有一片厚厚的盐层，我们的小盐粒，也被埋藏在其中。

“地球上每天都有新的故事发生，万物的诞生显得格外有意思。在某一天，一条细流从山上蜿蜒而下，把山坡冲刷出一条山沟。山沟被越冲越大，这些水流最终抵达了布满盐晶的地下。水流就像一个饥渴的孩子，用舌头不断舔着盐晶，直到舔出一个又一个缺口。日积月累，地下河就形成了。盐晶随着水流漂向远方，而水流最终会奔向大海，这样一来，一部分盐晶也会被带入海里。如果水流一直不受干扰，像这样流动，可能几千年后，会把所有的盐晶带走。你们知道，事情绝不会这么顺利。倘若山上的石头滚落下来，挡住了河流，那么它就得绕过石头再流向大海了。

“在同一时间，地球上发生了翻天覆地的变化。先是出现了新的动植物，而后人类也诞生了，继而出现了城市和村庄。这预示着一个新的时期的来临。一个晴朗的日子里，小伙子马蒂亚斯穿着鹿皮做的护腿，背着猎刀，来到森林和河谷中探险。他斜戴着一顶绿色的帽子，帽子上面插着羽毛。他还蓄着一把浓密的深色胡子，显得格外打眼。马蒂亚斯的手里拿着捕蛇夹，这是用来抓极北蝰蛇的。此时，他正警惕地打量着四周，时不时地用高挺的鹰钩鼻到处嗅，极力捕捉猎物的气味。马蒂亚斯的胆子很大，可以为了冒险放弃生命，其他农民都有点怕他。

“马蒂亚斯发现了一只鼬，便赶紧追过去。他用砍刀在布满石头的灌木丛中开辟了一条道路。就这样，他来到一块有大缝隙的石头前面，这让他很兴奋。‘鼬肯定就藏在里面！’他想。马蒂亚斯毫不犹豫地爬进去，缝隙里宽窄不一，越往里爬就越黑。里面的空气湿润且浑浊，充斥着一股腐烂的味道，熏得他头晕目眩。突然，他脚下一滑，重重地摔倒了。幸好只受了点皮外伤。马蒂亚斯擦亮打火石，看见周围有一些烂掉的枝叶，还有动物的白骨。他把枝叶做成火把，点亮它们继续前行。前面的路越来越宽阔，接着他来到一个很大的岩洞里。

“此时马蒂亚斯的心情有点复杂，激动和迟疑的情愫交织在一起。他用火把照了四周，发现这个岩洞的岩壁和顶部都是晶莹透亮的，它们反射着火光，让马蒂亚斯有种置身钻石内部的错觉。不过，这些晶体形状各异，有的像柱子，有的像蘑菇，有的又像尖塔。马蒂亚斯觉得这个洞穴像被诅咒的城堡，又像《阿拉丁》故事中的钻石洞穴。

“他靠近岩壁，小心翼翼地刮下来一点儿白色的粉末，先是闻了闻，然后轻轻地舔了一下。一股咸味在他的唇齿间蔓延开来，他意识到这是盐。小家伙们，现在你们知道盐是怎么进入洞穴里面了吧？很久以前，咸水湖的水蒸发后，就会在地下留下盐矿。接着小河流来到盐矿，经过几千年的冲刷，把盐晶冲刷成教堂、小巷、画廊、立柱、阳台、楼梯和露台的模样。岩洞里实在是太安静了，马蒂亚斯感到有点儿害怕。他见有通道通向别处，便摸索着向前走，历经千辛万苦才从通道里爬出来了。他再次见到岩缝外的碧草蓝天时，深深地吸了一大口新鲜空气，他安全了！他摘下帽子，捋了捋汗湿的头发，又猛地深呼吸几口，感觉自由是那么难能可贵。

“过了很多年，马蒂亚斯还经常在酒馆里提起这件事：‘我给你们讲，那下面就像一个魔鬼的宫殿，美丽又诡异。当时我的汗毛都竖起来了，心想，要是魔鬼突然跳出来，抓住我，绝对会用盐把我腌了，所以我赶紧逃跑了！’

“又过了几百年，马蒂亚斯早已经去世了，他当年爬过的小山坡也消失了，人间又发生了许多新鲜事儿。当初他发现盐矿的地方，现在变成了一个盐矿开采厂，那里每天都无比繁忙：蒸汽机日夜工作着，发出的轰隆声震耳欲聋；工人们穿梭在其中，叮叮当当地忙个不停。尖嘴锄砸向亮晶晶的岩壁，昔日的水晶宫殿被拆得七零八落，几百万年前沉淀下来的盐晶，正在一点点地被挖出来。你们知道，岩壁是由许多盐粒组成的，而每一颗盐粒，含有无数个小粒子。这个数字就大了，全球的乘法口诀表合在一块儿，都没计算出来呢！不说别的，桌上的这粒盐，就有7.2×10^{18}个小粒子呢！

“挖出来的盐晶，先被研磨成小颗粒，处理干净后，再装到木桶里，这样就能送到各个地方了。无论日子过得多么辛苦，人们都需要吃面包和盐。吃得起肉的有钱人，会这样调侃：‘脸蛋儿这么红，是吃了面包和盐吧！’我们眼前的这粒盐，终于被挖了出来。它改头换面，被装到木桶里，然后由两个送货人送到了杂货店，就是克立斯蒂娜买菜的地方。

“看，这粒盐的故事，是多么漫长、曲折啊！苍蝇差点儿吃了它。还好它遇见了我，在显微镜下展示了自己耀眼的宫殿。那我们应该怎么做呢？”

老乌拉·波拉边说边抓起盐粒，将它扔到了窗外的小溪里！奔腾的小溪会流向大海，这粒盐也会随着溪流回到起点。不妨想一想，几百万年后，它可能沉淀在某处，成为盐晶宫殿里的一分子，最后又出现在豪华的婚宴餐桌上……可惜啊，我们看不到这些了。

蜉蝣的短暂一生

老乌拉·波拉拿着放大镜，注视着一只小虫，对孩子们说：

“这是一只蜉蝣！如果你们观察足够仔细的话，就能发现它那透明的翅膀正在轻轻颤抖着。显然，它已经失去了飞翔的能力。几个小时前，它还在河岸边欢快地飞舞，而现在，它的生命即将结束。虽然它只活了一天，现在像一位七十岁的老人一样躺在床上，静静等待死亡的降临，但在这短暂的时间内，它却经历了非常丰富的生命历程。世界就是如此，有的生物只能活几个小时，有的生物却能活几十年。

“也许蜉蝣会对金龟子说：‘你能活好长时间啊。’

“而面对人类，金龟子可能会想：‘人类真是长寿！’

“而面对着那时时刻刻都拖着厚重甲壳的乌龟时，人类可能会想：‘它才是真正长寿的生物呢。’

“然而，面对在非洲荒原上已经挺立了五千年的巨型猴面包树时，乌龟可能会想：‘它简直是不朽的存在。’

“太阳在天上以嘲笑的表情俯视着大地万物，因为它已经用自身的热能照耀了大地无数年。对它来说，只能活一天的蜉蝣和已经活了五千年的大树都只是转瞬即逝，一天和一千年并没有什么太大区别。

“尽管生命的长短不同，但每种生物都被赋予了完整而独特的生命！对于乞丐来说，穷人给的一分钱和富人给的一个银币具有同等的价值。蜗牛一天努力前进二十米，徒步者背着背包、拿着手杖一天行走三十千米，两者都取得了很大的成就。孩子们啊，每个个体都在以自己的标准来理解这个世界！对于蚂蚁而言，路边的路标高得就像一座大山，而体形庞大的大象却可以轻松地用鼻子拔起路标。

“因此，对于蜉蝣而言，一天不仅仅是一天，更代表着它的一生，就如同人类的一辈子一样。在这一天里，蜉蝣经历了人类一生中会经历的所有阶段：出生和童年、欢笑和游戏、成长和爱情、衰老和死亡。

而这一切竟然就发生在一个日落与日出之间！真是奇妙啊！

“然而，对于蜉蝣而言，这一切却很正常。为什么一生不能只有一天呢？其实很简单，蜉蝣有着自己独特的时间观念和生命节奏。我们来计算一下吧！假设人类活七十年，而蜉蝣只能从日落活到日出，相当于半天的时间。所以，人类的寿命大约是蜉蝣的五万倍，蜉蝣的一切都只是人类的五万分之一。对于蜉蝣来说，人类的一个小时大约相当于它们的六年！一分钟约等于它们的一个月！一秒钟约等于它们的半天！蜉蝣感知到的一切自然运行的速度，与人类都是不一样的！

“这真是令人难以想象，当人类家中的挂钟钟摆嘀嗒作响时，蜉蝣感受到的却是漫长的时间的流逝！天哪，蜉蝣的时间过得如此之快！稍不留神，短短十二个小时的一生就结束了，一无所留，衰竭而死。蜉蝣出生在太阳落下之时，而它的离世则与太阳升起同步，灿烂的朝阳伴随着它走向永眠。

“就在这时，我这个老头子忍不住打了一个喷嚏！

对于蜉蝣而言，这简直是一场持续了十二个小时的巨大轰鸣。接着，我在沙发上休息了一个小时，蜉蝣或许会以为我已经去世了，因为对于它来说，在沙发上躺整整六年简直难以想象！这种成群结队在夏夜河边翩翩起舞的纤弱昆虫拥有着令人惊叹的生命！

“那么，我们来看看蜉蝣的一生是如何度过的吧！

“下午四点，蜉蝣从卵中孵化而出。下午五点，它已经长成了一个‘6 岁’的小家伙。如果蜉蝣能够上学，那么它应该背起书包去上学了。不过，就教育而言，蜉蝣比人类更先进，因为它在诞生时就已经在脑中储存了所有需要了解的知识，无须再去学校学习。下午七点，蜉蝣进入了青春期，开始思考是否能找到对象了。而在晚上九点，蜉蝣已经‘30 岁’了，变成成熟的‘大人’了。

“然而，在这短暂的一生中，一切都在按照既定的规律进行，一切都提前准备好了！这些微小的生物将日程牢记心中！它们在六月从水中诞生，很快便进入了婚礼。它们从不进食，为何要浪费宝贵的生命时光吃早餐、午餐和晚餐呢，舞伴们都在等着呢！蜉蝣

们成群结队地在波光粼粼的河面上飞舞着，发出嗡嗡的声音，从远处看就像是被风儿吹起的白色小花瓣。

“青春和休闲时光总是过得飞快！蜉蝣们依然兴高采烈地在灌木丛中飞舞，迎接夕阳的余晖。渐渐地，太阳开始下落。晚霞出现时，蜉蝣们最快乐，因为这时它们能够度过‘几年’幸福时光。到了晚上十点，蜉蝣已经成长到‘36岁’了，它们将迎来新的阶段！圆月当空，这是大自然在这个夏季的夜晚点亮的一盏美丽的明灯，好为成千上万只蜉蝣的舞会增添光彩。在温暖的夏夜里，伴随着明亮的月光起舞是多么美妙啊！然而，当月亮升到最高时，蜉蝣舞者们就已经变老了。

“蜉蝣的须发是否会变白？它们是否会出现皱纹？这些我们都无从得知。午夜过后，蜉蝣们已经成长到‘50岁’了。凌晨三点的钟声敲响时，蜉蝣们就进入了老年阶段。此时，它们将再次经历奇妙的事情！它们艰难地飞向出生时的水面，凝望着东方逐渐升起的朝阳，静静地等待着死亡的降临！清晨，天空一片蔚蓝，晨风轻柔，红色的云霞逐渐散开。转瞬间，金色的光芒破云而出！‘起床啦！快起床……’太阳出来了，新的一天开始了，世界变得热闹起来。

“蜉蝣凝视着眼前的朝阳，眨了眨疲倦的眼睛。不知道它是否还记得，仅仅十二小时前，它曾经见过这个巨大的火球。那时，它刚刚来到这个世界，一切才刚刚开始。现在，一切都已成为过去，流逝无迹！早晨的云霞见证了蜉蝣的早逝。它们纤细的翅膀在波光闪烁的河面上最后一次微微颤动，然后像枯叶一样坠入冰冷的水中。它们的身体随着水流漂荡在水草间，仿佛在与爱人共舞。

“一只青蛙坐在芦苇丛中，悠闲地暗中观察着自己的早餐，而这些早餐正是蜉蝣们。本来，蜉蝣在空中翩翩起舞，青蛙无法触及它们，这让青蛙感到极度愤怒。不过此刻，青蛙歪着脑袋，眼睛不停地转动着。蜉蝣的遗体从水中漂过来，青蛙高声呼喊：‘呱！呱！一切都结束了！’它就像一只凶狠的狗，总有一天会有更强大的鹳鸟来收拾这个幸灾乐祸的家伙的！

“如果过一秒钟仿佛过了半天，过一分钟就好像过了一个月，一个小时如六年那样漫长，那该多么有趣啊！如果蜉蝣也能像人类一样在日记本上记录下它们对世界的感受，那我们读起来一定会充满乐趣。

“例如，当蜉蝣在河边的灌木丛中飞舞时，一位母亲牵着自己的小孩走了过来。母亲坐在河边的长椅上看书，孩子在旁边玩皮球。这看起来可能只是一个普通的场景，但对蜉蝣来说却是非常特别的。当蜉蝣向它的同伴们形容时，它可能会这样说：‘有两个怪物从远处走来，它们高得几乎像行走的山峰。它们缓慢地移动，花了好几个月才到达河边。它们不会飞翔，而是靠两条腿走路，每十二个小时才抬起一只脚向前迈步。几个月后，它们终于停下来了。大个子怪物看着一个巨大的矩形物体，每隔半年翻转一次，看另一面。小个子怪物有一个大红球，它把球向上扔，有时会把球扔在我们周围。但是由于球的升降速度很慢，我们很容易躲开。球的升起和落下都需要很长时间！过了好久，我已经六岁了，这两个怪物开始吃东西，它们吃了整整两年！这真是太奇怪了，它们居然要花上几年时间来吃一顿饭，它们还能活多久呢？

“‘夜幕降临，气温逐渐下降。一片片黑云笼罩了天空，雾气弥漫，我感到有些头晕。然而，此时发生了一件神奇的事情！成千上万的水滴从天空中降落下来，水滴比我们的头还要大！它们散射出美丽的光芒，我们必须小心翼翼，以免被砸中。这些水滴需要数小时才能从树梢落到地面，所以我们可以将它们当作镜子来照。水滴落地时发出隆隆的声音，甚至让河边的那两个怪物都感到害怕了。它们开始缓慢地收拾东西，然后打开一个黑色的盖子放在头顶。水滴一触碰到盖子就弹开了。这两个怪物花了整整一年的时间才从河边离开。

"'这段时光对我们蜉蝣来说是一生中最糟糕的。许多伙伴都认为世界即将毁灭，因为天空中那个巨大的火球消失了，狂风呼啸，周围一片漆黑，成千上万的水滴不断降落。整整三年过去后，这场灾难才结束。周围重新变得温暖明亮起来，之后的几年时光都是如此美好！'

"瞧，阅读、嬉戏、大雨倾盆……这些在我们看来很平常的景象，在蜉蝣眼中却是非常奇异的事情啊！或许世界上还存在着某种难以想象的生物，正在津津有味地阅读人类书写的有关这个世界的书籍呢！毕竟，也许人类与蜉蝣差不多，只是我们目前还没有发现……

“这个世界以及生命本身，是多么神秘啊！亲爱的孩子们，再用放大镜仔细观察一下这只蜉蝣。谁能知道它微小的心脏是如何运转的呢？在它的视角中，世界又呈现出何种景象呢？无论如何，它和人类一样存在于这个世界上，喜欢沐浴在阳光下，是生物世界中的一员。来，我们把窗户打开吧，让它飞进花丛中，那里将成为它永恒的安眠之地！”

世界的末日

“你们看啊。”老乌拉·波拉擦着他的玳瑁眼镜说，“这是个放大镜，也叫显微镜。现在，你们都到我身边来，一起来看看这个放大镜。看哪，这儿有杯污水，是老女仆克立斯蒂娜刚从花园的池子里打来的。现在我们滴一滴水在显微镜下，就能看到它放大好几百倍的样子了。

“这小水滴里竟有如此繁荣的世界。几千个小生命在里面生活。它们有的浮在上面，有的沉在下面，有的在追，有的在逃，好像大城市里忙忙碌碌的人们。看啊，那有几只小船，它们是透明的，细密的纤毛做船桨。小船迅速地划动，像离弦的箭一样快，看起来像是去执行什么重要任务。它们捕捉猎物，你推我挤，就像人类一样愚蠢。但是在它们的世界里，它们还认为这样做是相当聪明的呢。

“刚才走了一群，现在又来了一群。轮状微生物的头上都生着一圈微小的手指，小手指不停地摆动，整个看起来像是袖珍钟表里的齿轮。小齿轮转动的时候，旋起许多个小旋涡，水里更小的生命就会被卷进去，一直卷到小齿轮张开的大嘴里。没错，它们必须不停转动小齿轮，否则肚子就会空空如也。

“看哪，在那水中还有一座岛屿。这其实是一点枯叶的残渣，用我们的肉眼是看不见的。可是在那小世界里却是一个大岛了。这里的居民都非常微小，几百个聚在一起也不会超过一个针眼。小精灵们从四面八方游来，因为岛上的食物能让他们饱餐一顿。你们有没有看见，它们都推推搡搡，拥挤在一起。看哪，有几个家伙在疯狂地跳舞。这吵闹的场景就好像人类世界的聚会一样。

“啊，那边还有一群，它们你追我赶，就像警察抓小偷一样。它们横穿整个水滴世界，从南极冲到北极，以至于从显微镜的边缘落下去，落进了悬崖下的汪洋大海。

“谁能想到这样一小滴水，还没有半颗豌豆大，却满住着居民，过着和我们一样的生活呢。要是没有显微镜，我们根本都不知道它们的存在。孩子们，假使在遥远的星球上有人类居住，但他们没有足够大的显微镜的话，也就难以看到地球上的人们。我们这个地球，在宇宙无数颗星球中也不过是小水滴而已。

“水滴里有着无数的小生命，它们根本不知道它们的命运完全掌握在我们手里。只要我们用手指轻擦水滴，这水滴的世界就会毁灭。可惜水滴里的小生命没有智慧看到我们，也就不知道它们的命运是操纵在我们手里的。

“再来看哪，现在这个小水滴已经发生变化了，它在慢慢缩小。室内很温暖，小水滴在慢慢蒸发着。这真是天灾！水滴里的小生命都挤在一个狭小的空间里，而且这空间越来越局促了。于是相互残杀的事情就不断发生着。你们想象一下，如果地球缩小了一半，人们是否也会互相残杀呢？看，这些可怜的家伙都在拼命往小岛中间挤。它们互相争斗，自相残杀，没有谁愿意被挤出水滴活活干死。这真是一场天灾。天灾又引发了人祸，在水滴的世界爆发了战争和革命。

“然而大自然并不在乎水滴世界的苦难，温热依然在持续，水滴依然在蒸发。中间的小家伙们都挤成一团。在水滴与干涸地的交界处，一些小生命已奄奄一息，成为干燥的、无法动弹的尘埃。牺牲者越来越多，少数的幸存者还在扭结、挣扎。但这都无济于事，即使它们能多活片刻，但死神还是会紧紧攥住它们。无论是那些快捷的小船，还是柔嫩的轮状微生物，都难逃厄运。

“现在，一切都结束了。水滴已完全干涸了，从显微镜看过去，就只剩下一点灰尘。水滴世界里所有活生生的小生物都埋葬在这尘土里，再也看不见那曾经的海洋里，小船飞速地行驶，转动着猎取食物的小齿轮了。

“是啊，我们刚才看到了世界末日。

“当然，这只是一个小世界。一个小小的水滴，对住在里面的小生物来说，却是全部的世界。没有人会为这个世界的消失而感到悲哀。假如我们的地球明天灭亡，其他星球上的人也不会放在心上。因为地球也只是个小世界，太阳比地球要大几百万倍呢。夜里，你看到的那些闪烁的星星，它们不止几百万颗，而是像花园水池里的水滴一样多。这些明亮的星星大都跟太阳一样大，有的甚至比太阳还大。如果我乌拉·波拉乐意，用手指蘸一下池塘里的水，就又可以在显微镜里点出一个新的世界，微生物的世界。但我不想再这样玩了，因为一天内毁灭一个世界，似乎是不能再多了！”

小水点

乌拉·波拉博士要给小朋友们讲故事了。他大声说："今天，我要讲一个有关小不点的故事。这个小不点啊，不管你们是否喜欢，它依旧会出现在世界上的任何角落。它是谁呢？就是你们非常熟悉的物体——小水点。"

"可是乌拉·波拉，这个小不点没什么值得讲啊！只要数一、二、三，它就干了，就讲完了，会不会太短了啊？"

"可别这样说，小家伙们！"乌拉·波拉取下玳瑁眼镜，用一块色彩艳丽的手帕边擦拭边说道，"未知全貌，就不要这么快下结论！我马上就要讲故事了，如果你们有谁不想听，现在出去好了。别看小水点微不足道，要是说起它的知识和用途，不知道比你们强多少倍呢！它也不像你们这些小家伙，总是喜欢跟我找麻烦。”听乌拉·波拉这样一说，我们停止了嬉笑，赶紧坐到桌子边，一边喝茶，一边狼吞虎咽地吃着蛋糕。这些蛋糕是老克立斯蒂娜制作的，上面镶满了葡萄干，非常美味。

下面是乌拉·波拉讲的故事：

“花园里的接骨木树下，坐着一个小姑娘，她正在悲伤地哭泣。就在刚才，她的母亲被下葬了。‘再也没有人像母亲那样疼爱我了……’小姑娘越想越伤心，一颗泪珠轻轻地划过她的脸颊。这颗泪珠像七月的太阳，透着可爱和温暖；又像一颗钻石，闪闪发光。就这样，小水点诞生了。

“小水点自己会感到悲伤吗？恰恰相反，它很庆幸自己能来到这个世界上。小水点安静地坐着，仰望着散发着光和热的太阳，惬意地享受着这一刻的温暖和宁静。‘太阳好像一盏明灯啊！我如果能去那里，该多好啊！’小水点看着太阳，浮想联翩。它并没有意识到，自己的身体正在慢慢地变瘦变小，直至消失不见。

“小家伙们，你们是不是觉得，故事到这里就结束了？老乌拉·波拉讲的故事，就这么点儿？水点都消失了，还能讲出什么花样来呢？如果你们这样想的话，就大错特错啦！别着急，我的故事才刚刚开始呢！现在我们看不到小水点，并不代表它没有了。在这个世界上，没有任何东西可以凭空消失。如果真的存在这种情况，我们的处境就很尴尬！请你们记住，世界上没有任何东西会消失不见，它们只是换了另外一种存在形式陪伴着我们。那么，这颗在我们视线里消失的小水点，究竟去哪里了呢？它被太阳的高温炙烤过后，会变成数不清的小颗粒。这些小颗粒我们肉眼看不见，它们随风飘荡，最后来到了长满杉树的大平原。在太阳的照射下，沙土变得又烫又热。靠近沙土的空气受热后会变轻并向上飘浮，就像屋里的热空气向屋顶上升一样。小水点变身成小颗粒后，会随着被迫上升的气流一起升向高空。

“到了高空后，温度骤然降低，小颗粒在高空遇冷后会再次凝聚在一起。聚集在一起的小颗粒越来越多，就会形成云。此时，花园里那个伤心哭泣的小女孩，正望着她头顶上的这片云彩。只是她怎么也想不到，自己的泪滴会变成云彩里的一分子；就算看到了，她也辨认不出来。生活中，这种情况也屡见不鲜。比如我们年少时的挚友，等白发苍苍时再聚首，彼此的外貌、衣着都发生了明显的变化，互相认不出来也就不足为奇了。

“云层里的小水点一刻也没有停歇，它朝着南方飞去。小水点先飞过陆地，接着又跨越了海洋。在这个过程中，它一直在思考：‘奇怪，广阔的世界上，怎么到处都居住着人呢？’到了晚上，它飘到了地中海的上空。在这里，可以看到一些若隐若现的灯光，那是从意大利的海岸上照射过来的。此时，云层变得厚重了一些，因为它吸收了来自地中海海面上饱含水分的潮气。太阳下山后，温度再次降低，云层中微小的水滴颗粒会再次凝结成水点。当水点的数量超过了云层可以承受的极限时，它们便开始下落，形成降雨。就这样，小水点和几百万个小伙伴一起，变成雨点降落下来。

“‘该死，要不是这场大雨，我们早就抵达港口了。’舵工望着远处那不勒斯港口灯塔上闪烁着的灯光，大声地抱怨道。此时，他乘坐的这艘巨轮正置身于茫茫大海之中，在绿色的波浪上高速行驶着。船上不断地射出绿色、红色、白色的灯光，在黑暗中显得格外引人注目。尽管螺旋桨不停地搅动着，产生了一个水花四溅的旋涡，也无法让巨轮快速抵达港口。难怪海员们都讨厌这风雨交加的天气。

“小水点对海面上的情况一无所知。随着吧嗒一声脆响，它落到了大海里。‘啊，这危险刺激的高空旅行终于结束了，我安全了。’小水点兴奋地想。小水点不喜欢高空中的旅行，因为它不知道自己下一刻会去何方。现在小水点放心了，因为它落在了海洋妈妈的怀抱里。

“然而，小水点还没高兴多久，它就遇到了困难。刚才那艘想靠岸的巨轮，现在咯噔咯噔地行驶过来了。你们应该都知道，只有螺旋桨推进器转动起来，轮船才会向前行驶。

“这需要大量的水蒸气，因此轮船的引擎对水和煤的需求量特别大。在轮船的一头，安装了一个抽水泵，它是用来吸入水的。在强大的吸力下，小水点瞬间被卷入一个巨大的旋涡中，然后被送进锅炉。小水点觉得自己倒霉透了，它在锅炉中被蒸得晕头转向。大火就像一个可怕的怪兽，不断地冲击着锅炉中的火管，用不了多久，这些水都会变成水蒸气。经历了一轮又一轮的拉扯，小水点被折腾得死去活来，它再次变成了许多微小的颗粒。成为蒸汽的小水点，被一股强大的压力驱使着，钻进一个狭小的管道。小水点绝望地想：'完了，这下我真没命了，没有人能救我！'突然间，它看到了一线生机，因为前方有一个洞口，那是蒸汽引擎的入口处。所有的蒸汽就像愤怒的野牛，带着巨大的蛮劲儿冲向前面挡住去路的小活塞。在这股强大的冲力下，小活塞被推开了，它吃惊得连连后退。这样一来，和小活塞紧密相连的连杆，以及形体巨大的曲柄轴开始运动，而后螺旋推进器开始旋转，轮船就这样向前行驶了。

"把这一系列的工作做完后，小水点变得疲惫不堪。这个时候，排气管会排出许多废气，被排出来的水蒸气遇冷后，又会变成水点的模样。我们的小水点总算逃出来了，它再次回到了大海，是从排水管里逃出来的。

“‘啊，这次旅行真是险象环生啊！’小水点想，‘小姑娘把我带到这个世界上，我在她脸上晒太阳时，绝对想不到将来的某一天，我和小伙伴们会推送着轮船来到那不勒斯。这个世界简直太奇异了！’

“小水点随着波浪起起伏伏，渐渐地忘记了这段痛苦的经历。它边漂流边欣赏海岸的风景。岸上长满了橘子树和橄榄树，歌声此起彼伏，那是意大利人和西班牙人在唱自己国家的国歌。到了中午，阳光炙烤着大地，小水点们蒸发后，又变成了水蒸气。它们聚集在一起，形成了一道淡蓝色的天幕，笼罩着整个海面和海岸线。田野和园子里劳作的工人脸被晒得通红。他们不停地擦拭着额角上的汗水，大声抱怨道：‘受不了了，这个天真闷热啊！’

“变成水蒸气的小水点再一次飘游到高空。这次它感到有些无聊，因为天上没有风，它只能在一个地方待着。到了晚上，风儿终于吹过来了，小水点随风来到了非洲的海岸。海岸上的白沙经过烈日的暴晒，烫得跟炉子里的烘盘一样。被风吹过来的水汽也经受着这种炙烤，不断地升向高空，就像飞上天的氢气球似的。高空中的温度很低，低温使得这些细微的水颗粒凝结成冰针，冰针聚集在一起，便形成了冰云。冰云是离地面最高的云层，差不多有十千米。当然，也只有在这个高度，水颗粒才会凝结成冰云。地面上的人们看见这些冰云，会忍不住感慨：‘看呀，那片飘浮在天空的云，就像美丽的羽毛编织出来的一样。海鸭绒垫子大概就是这样的吧！’寒风吹拂着这片冰云，瞬间它们就到了北方的阿尔卑斯山。山顶和山下的风景大相径庭：山顶白雪皑皑，高空飘浮着冰云；山下却有一片绿油油的草地，茅屋旁边的一头牛正甩着尾巴，慢悠悠地咀嚼着青草。山脚下还分布着一些小村庄。由于山顶冰峰峭立，终年被积雪覆盖，空气也变得沉寂了。

“受自身重量的影响，冰云会下沉。在下沉的过程中，其他的水的颗粒会源源不断地凑过来，冰针的形状也会发生变化，到最后，就成了雪星形状。毫不夸张地说，无论多么厉害的艺术家，都雕刻不出那么精美的外形。最后，它们从空中慢慢地飘落，这就是我们看到的雪。

“就这样，我们的小水点现在变成了一件精美绝伦的艺术品。不需要任何工具，只要冰冻一下，星状的雪花就会源源不断地产生。于是山顶上出现了不计其数的艺术品。星状的小雪花从昏暗的天空中纷纷扬扬地飘落下来，有的相互偎依在一起，上下左右地结合，慢慢地变成大雪花。我们的小水点就被裹在大雪花里面。

“数不清的雪花落在山顶上，一层又一层地叠加在一起。山顶上冰冷且潮湿，被压得无法动弹的小水点寂寞又绝望，感觉自己像一个囚犯。小水点开始回忆以前自由且幸福的时光：它飘在地中海上空，沐浴着温暖的阳光，时而观赏靓丽的人群，时而倾听悠扬的歌声，那是多么惬意和舒适啊！然而现在，它只能躺在寒冷的山顶上，任由命运的安排。

“尽管它很清楚自己的处境，但是无能为力。小水点明白，它和小伙伴们只是大雪堆中的囚犯，力量微小，是无法决定自己的命运的。

“山谷中有一个小村庄，村庄里有些漂亮的泰洛尔式房子，一群善良且和蔼的村民居住在里面。每当春天来临时，街道上的男人们便会放下手中的烟斗，表情沉重地望着远处的山坡，然后担忧地说道：‘糟糕，山谷里的雪崩季节又快到了，我们得小心行事！’

“村民席摩尔兹勒·赛不尔为了看自己牧场上的草屋，在一个雪后的早上，顺着山路朝山顶爬去。就在他蹒跚着将要抵达山顶时，突然听到头上传来一阵雷鸣般的怒吼声。他还没反应过来，上面就掉下来一大块雪。原来发生了雪崩。万幸的是，席摩尔兹勒·赛不尔没有站在雪崩的正下方，不然他早就没命了。即便如此，他还是被巨大的雪团砸得连翻七八个跟头，痛得眼冒金星。他的四肢快速旋转，看起来就像一个滚动的风车。接着，他被巨大的雪团包裹着，向山下冲去。

“包裹着席摩尔兹勒·赛不尔的雪团越滚越快，最后被村子里的一个干草堆拦住了去路。在巨大的撞击力下，雪团碎成了许多块。听到声响，屋子里的人们尖叫着跑了出来，他们看见席摩尔兹勒·赛不尔从雪团中挣扎着爬了出来，他一边嘟囔着，一边跐着脚在撞碎的雪团里寻找烟斗，看起来既滑稽又可怜。

“虽然雪崩没有直接摧毁小村庄，可它带来的巨大破坏力，也让小村庄付出了惨重的代价：差不多二分之一的树林被它毁掉了，因为它折断一棵大树，就像折断一根火柴一样容易。大谷仓也被它撞得七零八落。最后，这些移动的雪团被一个山坡挡住了去路。这个山坡下面，有一条溪流经过。这次雪崩造成的损失，没有上次雪崩那么惨烈。上次雪崩，大雪覆盖了整个村庄，房屋和谷仓毁于一旦，所有的村民和家畜都没有逃过那场浩劫。所以这次泰洛尔人还比较高兴，因为他们还活着，逃过一劫。小家伙们，你们有没有想过，山顶为什么会滚下来这么大的雪团呢？答案很简单！一只老鹰在堆满积雪的山顶上休息，飞走的时候带动了一个小冰块。小冰块向下滚动时，沿途会裹上松软的雪花。雪花越裹越厚，就变成了大雪球。这个大雪球遇到小水点所在的雪堆，也带着它一起滚动，威力无比的雪崩就这样产生了。

“此时我们的小水点像懵懂的孩子一样，不知道发生了什么事情。如果它想从大雪球中逃脱出来，需要耐心地等待。直到日照时间变长，温度升高，大雪球慢慢融化后，小水点才重见天日。温暖的阳光就像妈妈的双手，焐热了冻结的小水点，以及它的小伙伴们。我们的小可爱再次变回了小水点的形状，流到了小溪里。

“小水点很享受这种无拘无束、丰富多彩的生活，和冻雪里相比，这里简直是天壤之别。小水点跟随着溪流，从一层又一层石块中跳下来，接着穿过小村庄和草地，最后钻到了谷底。

“到了山谷，小水点看到这样一幅温馨的画面：在抽出新芽的山毛榉树林中，一副石磨正在转动着。石磨的主人戴着白色的帽子，正在修理屋后的一辆独轮车。他的女儿和徒弟在水闸边开心地聊天。在这一刻，世界和磨坊对他们来说，仿佛都不存在了。在小水点和伙伴们的推动下，长满苔藓的叶轮一直转动着，叶轮又带动石磨一起转动。石磨发出咿呀咿呀的声响，放在石磨上的小麦粒慢慢地被碾碎，最后被磨成细腻的面粉。小水点穿过石磨轮，又流向小溪。水流中出现了一股涡旋，把它卷到了一旁。

“小水点又奔波了数里地，来到了一个池水很浅的地方。它和伙伴们流经一块小石头时，便从裂缝里渗到了地底下。地下黑漆漆的，简直太无聊了！小水点穿过数不清的小隧道和小细孔后，钻到了离地面很深很深的岩石里。小水点来不及歇息，一口泉眼又把它和伙伴们送到了地面上。这股泉水清爽可口，稍微带点儿咸味。听医生们说，这种泉水还能治疗胃部胀痛呢——就是那种吃太多引起的胃部胀痛。

“这股山泉的作用可大了，能为附近一个城市的居民供水。每天涌出的泉水，会被错综复杂的管网输送到家家户户。刚刚见到光明的小水点，又被冲进黑漆漆的自来水管里，最后停歇在自来水的水龙头那里。这个泛着光亮的黄铜水龙头站得笔直，就像一个忠诚的警卫，看守着大门，以防他人走进来。这里是一所大学，从外观上看，和一般的学校无异。学校里有很多房间，每个房间里摆满了凳子，凳子前面是书桌。在房间的最前面，有一大块黑板，黑板上往往写满了晦涩难懂的文字。能写出这些文字的老师，我们称之为教授。教授的学生是一些小绅士，他们有的年龄大一点，已经长出了胡须。小绅士们很爱学习，教鞭在这里成了一个摆设。小绅士们戴上有颜色的帽子，就是大学生了，他们觉得当大学生很光荣。

“在某一间教室里，一位大名鼎鼎的教授站在书桌旁，正在专心致志地讲一门专业课。他要把自己多年研究的成果分享给学生们，他对自己的研究成果非常满意。这位教授的脑袋光秃秃的，很多人觉得他博学多才，就是看到了他的秃头，然后猜测出来的。

“‘同学们，水是生命之源，我们谁都离不开它。’教授说，‘可是并不是所有的人都了解水的构成。直到18世纪，英国的科学家卡文迪许才把这个问题弄清楚。水是由两种细小的物质组成的，科学的说法是两种元素，即氧和氢。我们无法用肉眼看见这两种元素，就像我们无法看见供我们呼吸的空气一样。氢和氧结合在一起，就构成了水——我们时刻都需要的水。现在，我要给大家做一个实验：先把水分离成两种气体，再把这两种气体结合成水。’

“教授说完，给一旁的助教挥手示意。助教马上心领神会，拿着一个形状奇特的容器走到水池边，拧开水龙头接了一些自来水。小水点流到了容器里。它意识到自己会参加这次学术实验，非常兴奋，它觉得为科学服务很光荣。过了一会儿，它又一次体会到锅炉里那种钻心的疼痛。如教授所说，它就要被分离成两种气体。容器里被放进来两条电线，可以想象，通上电流后，小水点又将面临一次酷刑。电流把容器里的水分成了两部分，其中一根电线上是氧，另外一根电线上是氢，每根电线上都冒出了许多小气泡。就这样，小水点为科学献身了。小水点觉得自己像一个犯人，被实施了电刑。小水点很痛苦，但它没有哭。因为它原本就是一滴眼泪，哭就相当于自杀。通电后的小水点就像一个不断躲避牙科医生的小朋友，四处乱窜，想尽办法远离痛苦。但都无济于事。最后，它还是被分解成两种气体，飘到了容器的上方。就这样，小水点被分解成了肉眼难见的氧和氢。

“一个真正有学问的人，做事情是不会半途而废的。教授还得把这两种气体结合成水。他先把两种气体‘赶’到一支不同寻常的试管里，接着输入一股强电流。只见试管里冒出一些电火花，然后水又出现了。教室里发出一阵惊呼声，这个实验把大学生们深深地吸引住了。

“教授做完实验，给大学生们轻轻地鞠了一躬，然后心满意足地走出了教室。

“小水点安静地躺在玻璃试管里，回味着自己死而复生的过程。以前，它不知道自己是被什么构成的，通过这个实验，它找到了答案。

“实验结束后，大学生们陆续离开教室。接着校工急匆匆地跑进来，开始收拾现场。小水点被校工倒入废水槽里，它和伙伴们穿过了很多水管，最后流向了郊外。它顺着草地中的小水沟，来到了一个小池子里，这个小池子在菜园、田野和谷仓之间。

“小水点闻到了一股特别难闻的味道。它环顾四周，发现水面上漂荡着很多垃圾：一个空药瓶、两个神奇的瓶塞、一只破破烂烂的儿童鞋、泡得软烂的教科书、切成小段的稻草、正在腐烂的树叶……鸭子在水面上游荡，发出嘎嘎的叫声。池塘边上，有几只老鼠正在你追我赶。水面上落下了很多微小的东西，它们正耀武扬威地打着旋儿。最让小水点忍受不了的，是一小滴水里，就有几百个肮脏的小东西。

“这样的环境，让小水点感到非常难受。它想了很多，明白了这样一个道理：世界是变化无常的，个体的命运也是无法预测的。就比如自己，刚刚还在教室里和大学生们一起做实验，转眼间就流落到水池里，被令人作呕的垃圾包围着。唉，走背运就是这样！

“在一个晴朗的早晨，小水点终于逃离了这里。那一天，小水点远远地就听见“驾！驾！”的吆喝声。一个酿酒人拖着一只大木桶，骑着栗色的马来到了池塘边。他拿出一只小水桶，一遍又一遍地在池塘里打水，直到把大木桶装满。接着，他带着这桶水，骑着马向葡萄园奔去。他用这些水浇灌葡萄藤，就这样，小水点渗透到了葡萄根旁的土地里。

“小水点沿着葡萄根的细孔往上爬，先是经过了葡萄藤的茎，然后是枝丫，最后来到了小小的绿葡萄里。这些葡萄正沐浴着阳光，它们的身体内部，就像一个神奇的化学工厂。水和其他物质沿着茎叶爬上来后，在阳光的照射下，会变成一股股微小的、像细流一样的汁液。汁液不停地动来动去，小水点也随之融化了。到最后，它变成了葡萄汁。在不知不觉中，秋天悄然来临，葡萄叶不再像夏天那么青翠。葡萄园里突然变得热闹起来，到处插着漂亮的旗子，在悠扬的乡村小乐曲里，涌来了一群又一群衣着光鲜的青年男女。原来是葡萄采摘节到了。人们把一串串晶莹剔透的葡萄采摘下来，接着送到压榨机旁。压榨机榨出一缸又一缸鲜美的葡萄汁。经过长时间的发酵，这些葡萄汁先被倒入酒桶，然后又被装到无数个精致的酒瓶里。

“太阳就是这么神奇，能把小水点变成美味的葡萄酒。入瓶的葡萄酒并没有马上被售卖，而是被送到了阴暗的地窖里。这里结满了蜘蛛网，每天都有老鼠在肆意地穿行。酒瓶里的小水点在这里待了很多年。突然有一天，乌拉·波拉博士给一位朋友写了一封信，让他寄两打莱茵地区出产的葡萄酒过来。这位朋友就是在莱茵河畔做葡萄酒生意的。这样，沉寂多年后，小水点终于离开了地窖。瞧，这就是那位朋友寄过来的葡萄酒，我们的小水点，就藏在这个瓶子里。”

故事终于讲完了，乌拉·波拉博士从后面的桌子上拿下来一瓶酒。这瓶酒果真年代久远，上面沾满了灰尘。

只听见噗的一声，乌拉·波拉博士拔出木塞，给自己倒了满满一杯酒。“为了讲小水点的故事，我现在口干舌燥，就让小水点帮我解解渴，顺便提提神吧！”他凑近酒杯，凝视着葡萄酒，继续说道，“看，它现在就在我的杯子里。不过，我可没有强迫你们相信我说的一切！”